DU MÊME AUTEUR

Aux Éditions Gallimard

TRISTANO MEURT
LE FIL DE L'HORIZON
L'ANGE NOIR
PETITES ÉQUIVOQUES SANS IMPORTANCE
LE JEU DE L'ENVERS
PIAZZA D'ITALIA
RÊVES DE RÊVES
REQUIEM
LE TEMPS VIEILLIT VITE
PEREIRA PRÉTEND
LA TÊTE PERDUE DE DAMASCENO MONTEIRO
UNE MALLE PLEINE DE GENS
VOYAGES ET AUTRES VOYAGES

Aux Éditions du Seuil

LES TROIS DERNIERS JOURS DE FERNANDO PESSOA
LA NOSTALGIE, L'AUTOMOBILE ET L'INFINI
AUTOBIOGRAPHIES D'AUTRUI
LA NOSTALGIE DU POSSIBLE
AU PAS DE L'OIE : CHRONIQUES DE NOS TEMPS OBSCURS

Aux Éditions Galilée

LES CÉPHALÉES DU MINOTAURE : JOURNAL CRÉTOIS. Avec des dessins de Valerio Adami

Du monde entier

ANTONIO TABUCCHI

POUR ISABEL

UN MANDALA

roman

Traduit de l'italien
par Bernard Comment

nrf

GALLIMARD

Titre original :

PER ISABEL

Ce livre, dans l'hypothèse du mandala, serait dédié à une femme du cercle de l'Évocation. Mais dans l'hypothèse terrestre, il est dédié à mon amie Tecs, qui ne s'appelle pas ainsi en réalité, même si c'est ainsi que moi je l'appelle. Et avec elle à Sergio, vieil ami.

Qui sait, les morts ont peut-être d'autres coutumes.

SOPHOCLE, *Antigone*

Justification sous forme de note

Obsessions privées, regrets personnels que le temps érode mais ne transforme pas, comme l'eau d'un fleuve émousse ses galets, fantaisies incongrues et inadéquations au réel, tels sont les principaux moteurs de ce livre. Mais je ne pourrais nier comme influence sur celui-ci le fait d'avoir vu un moine vêtu de rouge qui par une nuit d'été, avec ses poudres colorées, dessinait pour moi, sur la pierre nue, un mandala de la Conscience. Et d'avoir eu l'occasion, la même nuit, de découvrir un bref écrit de Hölderlin que je transportais depuis un mois dans ma valise sans avoir jamais trouvé le temps de le lire. Les paroles de Hölderlin que je soulignai cette nuit-là, avant que la lune accomplisse sa dernière phase, sont les suivantes : « La modération tragique des époques sans éclat, celles dont l'objet ne présente aucun véritable intérêt pour le cœur, voilà qu'elle suit de la manière la plus démesurée l'esprit du temps et son arrachement ; et celui-ci fait alors apparition, farouche, ne pouvant pas épargner les hommes, tel un esprit, en plein jour ; mais il est sans merci, comme esprit de la sans cesse vivante, de la sauvageté non écrite, esprit du monde des morts. »

Il pourra sembler curieux qu'un écrivain, une fois passé ses cinquante ans et après avoir publié tant de livres, ressente encore le besoin de justifier les aventures de son écriture. Cela me paraît curieux à moi aussi. Probablement n'ai-je pas encore résolu le dilemme de savoir s'il s'agit d'un sentiment de culpabilité à l'égard du monde ou plus simplement d'un manque d'élaboration du deuil. D'autres hypothèses sont naturellement acceptables. Je veux souligner que cette nuit d'été-là il m'arriva de m'envoler à Naples avec ma fantaisie, parce que dans ce ciel lointain il y avait une pleine lune. Et c'était une lune rousse.

A. T.

Premier cercle.
Mónica. Lisbonne. Évocation

De toute ma vie je n'étais jamais allé au Tavares. Le Tavares est le restaurant le plus luxueux de Lisbonne, avec des miroirs dorés et des sièges en velours, on y mange de la cuisine internationale mais aussi de typiques plats portugais, arrangés toutefois de façon délicate, par exemple tu commandes du cochon avec des palourdes, comme ça se fait en Alentejo, et on te prépare ça comme s'il s'agissait d'un plat parisien, c'est du moins ce qu'on m'avait dit. Mais je n'y avais jamais été, j'en avais seulement entendu parler. Je pris l'autobus jusqu'à l'Intendente. La place était pleine de prostituées et de maquereaux. C'était la fin de l'après-midi, j'étais en avance. J'entrai dans un vieux café que je connaissais, un café avec des billards, et je me mis à regarder le jeu. Il y avait un petit vieux unijambiste qui jouait appuyé sur une béquille, ses yeux étaient clairs et ses cheveux crépus étaient blancs, il faisait des massés et des coups de panda en toute décontraction et il battit à plate couture tous ceux qui étaient présents, puis il s'assit sur une chaise et se donna un petit coup sur le ventre comme pour faciliter la digestion.

Oh l'ami, tu veux jouer?, me demanda-t-il. Non, répondis-je, contre toi je vais perdre à coup sûr, si tu veux on peut parier un verre de porto, j'ai besoin d'un apéritif, mais si tu préfères je te l'offre volontiers. Il me regarda et sourit. Tu as un étrange accent, ajouta-t-il, tu n'es pas d'ici? Pas vraiment, répondis-je. Tu viens d'où?, demanda-t-il. Des environs de Sirius, dis-je. Je ne connais pas cette ville, répliqua-t-il, à quel pays appartient-elle? Au Grand Chien, dis-je. Bah, fit-il, avec tous ces nouveaux pays qu'il y a à présent dans le monde. Il se gratta le dos avec la queue de billard. Et comment t'appelles-tu?, demanda-t-il. Je m'appelle Waclaw, répondis-je, mais c'est uniquement mon nom de baptême, pour les amis je suis Tadeus. Il abandonna son air défiant et fit un large sourire. Mais alors tu es baptisé, dit-il, donc tu es chrétien, c'est moi qui t'offre un verre, qu'est-ce que tu prends? Je lui répondis qu'un porto blanc m'irait bien et il appela le garçon. J'ai compris ce qui te manque, continua le petit homme, c'est une femme, par exemple une belle femme africaine de dix-huit ans, pas chère du tout, elle est presque vierge, elle est arrivée hier du Cap-Vert. Non, merci, dis-je, je dois m'en aller bientôt, je vais essayer de prendre un taxi, ce soir j'ai un rendez-vous important, je n'ai pas de temps pour les filles en ce moment. Il me regarda d'un air perplexe. Ah bon, fit-il, mais alors qu'est-ce que tu viens chercher dans ce coin? J'allumai une cigarette et demeurai silencieux. Moi aussi je cherche une femme, dis-je ensuite, et j'aimerais avoir de ses nouvelles, je me suis arrêté ici par hasard pour souffler un peu car j'ai rendez-vous avec une dame qui peut me donner des informations et je veux entendre ce qu'elle va me raconter, il est d'ailleurs temps que j'y aille, il y a un taxi libre à la station, mieux vaut que je me dépêche.

Attends un instant, dit-il, pourquoi cherches-tu cette femme, elle te manque? Peut-être, répondis-je, disons que j'ai perdu sa trace et que je suis venu exprès du Grand Chien pour la chercher, je voudrais en savoir un peu plus, c'est pour ça que j'ai rendez-vous. Et c'est où ce rendez-vous?, me demanda-t-il. Dans le restaurant le plus élégant de Lisbonne, répondis-je, c'est un lieu de miroirs et de cristal, je n'y suis jamais allé, je crois que ça coûte très cher, mais de toute façon ce n'est pas moi qui paie, que veux-tu l'ami, je suis ici en permission et j'ai à peine quelques pièces en poche, il est bon d'accepter les invitations. C'est un endroit fasciste?, demanda le petit vieux. Je ne saurais te le dire, répondis-je, franchement je ne m'étais jamais posé la question en ces termes.

Je me levai précipitamment en le saluant et je sortis. Le taxi était encore arrêté à la même place. Je m'engouffrai dans la voiture et dis : bonsoir, au Tavares, s'il vous plaît.

Nous nous sommes connues au collège des Escravas do Amor Divino de Lisbonne. Nous avions dix-sept ans. Isabel était un mythe pour toute la classe, parce qu'elle venait du lycée français. Vous savez, le lycée français, à cette époque, était un lieu de résistance, tous les professeurs qui ne trouvaient pas de poste dans les lycées publics en raison de leurs idées antifascistes y enseignaient, et aller au lycée français signifiait connaître le monde, faire des voyages d'études à Paris, être relié à l'Europe. Nous, au contraire, nous venions du lycée public, une belle merde, excusez le mot, on y étudiait la constitution corporatiste salazariste et les fleuves du Portugal, et on y divisait en morceaux stupides le poème national, *Les Lusiades*, qui est un beau poème de mer, mais qui était étudié comme s'il s'agissait d'une bataille africaine. Car il y avait les colonies en ce temps-là. Mais ça ne s'appelait pas colonies, ça s'appelait outre-mer. Joli nom, pas vrai ? Et il y avait des gens qui s'étaient enrichis avec l'outre-mer, je dois dire que c'était normal dans les familles des jeunes filles qui fréquentaient le collège, tous des salazaristes aguerris, de bons gros fascistes, mais pas nos parents, je veux dire les miens et ceux d'Isabel, peut-être est-ce aussi pour cela que nous sommes devenues amies, en raison de l'identité commune de nos familles.

La sienne était une vieille famille portugaise, qui n'avait rien à voir avec le salazarisme, une famille en décadence qui avait des propriétés dans le Nord, à Amarante, où l'on fait des pains aux formes les plus étranges, mais comme je l'ai dit il s'agissait d'une famille sans argent et sans pouvoir, les propriétés du Nord avaient toutes été confiées à des fermiers ou à des régisseurs et ne rapportaient rien. Quelles vacances d'été nous avons passées, Isabel et moi, dans leur maison d'Amarante. Ce n'était pas une maison, mais une tour médiévale en granit pleine d'objets anciens et de commodes qui donnait sur le fleuve, et nous étions heureuses. Les étés étaient beaux, à cette époque. Isabel portait un grand chapeau de paille. L'ovale de son visage était rendu encore plus gracieux par ce drôle de chapeau que quelqu'un de sa famille lui avait rapporté d'un voyage en Toscane. Et puis elle peignait. Elle était convaincue qu'elle deviendrait peintre et elle peignait des fenêtres. Des fenêtres avec des battants fermés, des fenêtres avec des battants ouverts, des fenêtres avec stores, des fenêtres avec grille, mais toujours des fenêtres comme il y en a dans le Douro ou le Minho, avec leurs très beaux volets et parfois des rideaux de dentelle. Mais elle n'y mettait jamais de figures humaines, les personnages ruinent le mystère, disait-elle, tu vois, je peins cette fenêtre qui est si mystérieuse quand il n'y a personne, mais si je peignais le type qui s'y penche le mystère s'en irait aussitôt, il s'agit du vétérinaire d'Amarante, il porte une barbichette et un filet sur la tête pour ne pas s'emmêler les cheveux quand il dort, figure-toi qu'il vient à la fenêtre et fait des flexions, tu sais qu'hier, tandis que j'étais en train de peindre sa fenêtre, il est apparu et est resté à la rambarde en bombant le torse et il a fait semblant de ne pas me voir mais il me voyait très bien, sauf que ses yeux regardaient le ciel d'un air inspiré, il était de toute évidence très fier de rentrer dans mon tableau, mais moi je le berne, je ne l'y mets pas.

Puis nous sortions pour aller nous promener. Le fleuve,

dès qu'on sort d'Amarante, forme des anses où l'eau stagne et où grandissent les grenouilles. Nous passions des matinées à pêcher les grenouilles, mais au Portugal on ne sait pas pêcher les grenouilles, car on ne les mange pas, et nous avions conçu un système semblable à celui grâce auquel les enfants capturent les lézards. Nous prenions un jonc frais, nous faisions un nœud coulant puis nous approchions l'anneau de la tête de la grenouille, et quand elle bougeait pour sauter, zac, on l'attrapait. En ce temps-là, il n'y avait pas encore de sacs en plastique, nous avions un petit filet, de ceux qui servent pour faire les courses, et ainsi les grenouilles passaient leur tête entre les mailles et c'était un vrai spectacle de nous voir traverser Amarante, moi en pantalon et Isabel avec son chapeau de paille de Florence, en train de transporter notre filet plein de grenouilles. Les gens pensaient que nous étions zinzins et ça nous plaisait, parce qu'à cet âge-là de telles choses plaisent.

Le soir nous tuions les grenouilles mais c'est moi qui le faisais, car Isabel s'y refusait. Il faut couper la tête des grenouilles d'un coup de couteau bien net, et pendant quelques minutes elles continuent de gigoter sans tête, jusqu'à ce que l'énergie vitale s'arrête. Vois-tu, disait Isabel, si un jour je me tue je crois que je ferai exactement ainsi, je donnerai quelques coups dans l'air, parce qu'une personne ne peut pas se couper la tête à elle-même, mais on peut toujours se pendre, ce qui revient au même, on donne quatre coups dans le vide et salut tout le monde. Nous cuisinions les grenouilles à la provençale, ça plaisait à

Isabel, parce qu'elle était allée en France avec le lycée français, à Arles, et elle avait mangé des cuisses de grenouille à la provençale, avec ail et persil, et elle disait que c'était le meilleur plat du monde. Mais nous nous fatiguâmes bien vite de manger des grenouilles à la provençale. Ces cuisses inquiétantes, tellement blanches et tellement délicates, presque insipides, tandis que la famille mangeait du cabri grillé et de la *sopa seca*. Et à cet âge on a de l'appétit. Il est certes facile de mythifier la nourriture exotique qu'on a mangée en Provence, mais ça laisse sur sa faim. C'est ainsi que nous commençâmes à laisser des grenouilles libres dans le jardin, qui en fut vite plein, il y en avait partout, dans l'herbe, dans les buissons, dans la vasque des poissons rouges, entre les touffes de bambous.

Heureusement que les parents d'Isabel étaient des gens spirituels, ils ne se préoccupaient pas de cette invasion, ils étaient toujours joyeux, disponibles, compréhensifs. Puis ils moururent dans un accident de la route, mais c'est une autre histoire, ou plutôt la même histoire. Le vendredi nous allions à Barcelos, où se trouvait le plus beau marché de toute la région. Peut-être que vous ne pouvez pas imaginer combien les marchés étaient beaux à cette époque, en province. Ou peut-être que vous pouvez l'imaginer. Nous prenions tôt le matin un car qui nous emmenait jusqu'à Braga, et de là un autre car pour Barcelos. On arrivait vers midi. Le temps de faire un tour parmi les terres cuites, vous savez, à Barcelos on fait les coqs colorés en terre cuite qui sont le symbole du Portugal et plein d'autres petits objets en argile, des poupées, des figurines populaires, des crèches, des groupes de musique, des chats, des brocs et des soucoupes, et ensuite on allait déjeuner.

Nous choisissions toujours des auberges populaires, qui étaient bondées de clients et de vendeurs du marché. Des petits vieux et des petites vieilles qui venaient de tout le Minho, les uns pour chercher une poule, les autres pour acheter un oison ou une vache, les personnes les plus pittoresques étaient les courtiers, ils portaient de petits foulards et buvaient du vinho verde, ils étaient incroyables, même à table ils se comportaient comme s'ils étaient au marché, ils criaient, gesticulaient, transpiraient. Il faisait chaud à Barcelos, et les odeurs de nourriture et la puanteur des bêtes sur la place se mélangeaient dans l'auberge, c'était beau et nouveau pour Isabel et moi, qui passions l'année dans une ville comme Lisbonne, et nous nous sentions tout excitées, nous étions fascinées par les courtiers, nous voulions acheter quelque chose nous aussi, et un jour nous achetâmes un cabri. C'était une petite bête tendre, blanche et noire, avec une tache sur le museau et des pattes fragiles, nous l'emmenâmes à la maison en car dans un panier et pendant quelques jours nous lui donnâmes du lait au biberon, parce qu'elle n'était pas encore sevrée. Nous l'installâmes dans le jardin, lui fîmes une cabane de feuilles et le matin, quand nous allions faire des courses dans Amarante, on l'emmenait avec nous au bout d'une laisse. Inutile de vous dire comment on nous regardait dans la petite ville, moi en pantalon et Isabel avec son chapeau de paille de

Florence, nous n'avions plus le filet aux grenouilles mais un cabri en laisse, et en plus Isabel voulait acheter à la boulangerie le pain en forme d'organe masculin tel qu'ils le font à Amarante, sauf que ce pain ce sont les domestiques qui l'achètent pour faire des tartines, alors que nous, nous l'achetions exprès pour nous faire voir et on en mettait plein la vue, c'était un scandale, tout le monde nous regardait, même le vétérinaire adepte de gymnastique n'apparaissait plus à la fenêtre. Bref on s'amusait bien.

Puis les étés prirent fin. Ils prirent fin parce que nous nous retrouvâmes à l'université. Ou plutôt, parce que les parents d'Isabel étaient morts. Ils moururent, comme je l'ai dit, dans un accident de voiture. Sur la route de Póvoa de Varzim après le déjeuner, après que le papa d'Isabel eut beaucoup mangé et bu. On ne sut pas à qui incombait la faute, car ce fut un choc frontal. Mais je crois que le papa d'Isabel avait excessivement bu, parce que ça lui plaisait de boire, je le connaissais bien. Ils ne moururent pas tout de suite. Ils restèrent trois jours dans le coma puis ils moururent ensemble, lui et sa femme. C'est drôle, non ?, plonger ensemble dans le coma et puis mourir en même temps parce qu'il n'y a plus rien à faire, le cœur ne bat plus et à ce moment-là les médecins débranchent les tubes. Mais c'est ainsi que cela se passa.

Isabel et moi passâmes trois jours et trois nuits à l'hôpital de Porto, dans le service des soins intensifs. Nous dormions dans une petite salle attenante, avec la complicité de l'infirmière, et à intervalles réguliers nous entrions dans la salle des patients. Papa, papa, c'est moi, disait Isabel, maman, tu m'entends ?, tu te souviens des grenouilles que nous rapportions à la maison d'Amarante, mon amie Mónica et moi, écoute, nous voulons encore en apporter l'été prochain, allez, maman, réveille-toi, sors de ce coma de merde, je veux que tu me souries, que tu me donnes encore des conseils sur la façon de s'habiller, que tu me cries dessus *parce que je ne suis pas parfaite* comme tu le voudrais, j'ai besoin de ça, maman.

Mais sa mère ne lui cria plus dessus, ni son père. Ils moururent ensemble, comme je l'ai déjà dit, précisément à la même heure, et nous préparâmes les funérailles. Isabel les fit enterrer dans un petit cimetière proche d'Amarante, à la campagne, dans un village, à l'intérieur de la même chapelle. L'enterrement eut lieu par une belle journée d'octobre et le soleil était chaud. Isabel était vêtue de bleu foncé, moi j'avais au contraire mis un habit beige, qui me faisait paraître plus vieille qu'elle. Tu as vu, me dit Isabel quand nous rentrâmes du cimetière, ils s'en sont allés, tu sais Mónica les étés avec les grenouilles c'est fini, les dîners à Barcelos, l'enfance est terminée, ils ne sont plus là, je suis orpheline, et toi aussi tu es un peu orpheline, je crois. De fait, je me sentais moi aussi un peu orpheline. Parce que les parents d'Isabel étaient de vrais parents, chose que les miens n'avaient jamais été. Mon père était toujours en voyage pour Mercedes-Benz, ou pour affaires, comme on disait à la maison, et ma mère avait ses amies et ses obligations. Et j'eus ainsi l'impression d'être un peu orpheline.

Les randonnées au bord du fleuve, la vieille maison d'Amarante, les étés de rêve : tout était fini.

Nous nous retrouvâmes à l'université, mais ce n'était plus comme avant. Je m'étais inscrite en lettres classiques, ce qui équivalait, dans la division idéologique existant alors à l'université de Lisbonne, à un choix conservateur. Et en effet les étudiants des disciplines classiques ne bougeaient sur rien, ils ne faisaient jamais d'assemblées, ils étaient même absents à la cantine, qui était le lieu où l'on discutait le plus. Isabel s'inscrivit en langues modernes, et là, oui, c'était vivant. Un professeur faisait cours sur Camus et l'existentialisme, un autre sur le surréalisme au Portugal, et quelques poètes du glorieux mouvement vinrent même lire leurs textes, je ne me rappelle plus à présent de qui il s'agissait, mais c'étaient des poètes très en vue, ce fut un triomphe, le grand amphithéâtre était plein, je me souviens d'Isabel, qui était devenue un leader et qui présenta les poètes aux étudiants, il y avait même des jeunes gens assis par terre, ce n'est pas que ces poètes aient parlé directement contre le fascisme, ça ne pouvait pas se faire, mais leurs poèmes étaient anticonformistes et d'une certaine façon révolutionnaires, révolutionnaires entre guillemets, parce que tout était entre guillemets à cette époque.

Isabel se présenta sur scène avec une écharpe rose, ça aussi c'était un signal, à l'époque, on ne pouvait pas utiliser le rouge, on utilisait des couleurs ayant une affinité, mais c'était aussi un signal. Ça me parut étrange de retrouver Isabel sur la scène de cette assemblée, elle parlait avec fluidité, peut-être avait-elle une légère inflexion de nervosité dans la voix, elle lut les fiches biographiques des poètes et dit : deux poètes libres qui nous honorent, parce que la poésie libre est aujourd'hui bannie. À ce moment-là éclatèrent des applaudissements retentissants, un des poètes se leva et lut un poème surréaliste dans lequel les valeurs bourgeoises étaient tournées en dérision, l'assemblée était en délire, puis l'autre poète se leva et lut un hommage à García Lorca trucidé par les fascistes, aujourd'hui ça peut faire sourire, mais en ce temps-là une telle chose était un grand événement politique, peut-être le savez-vous mieux que moi, le Portugal était un pays oublié par l'Europe et oublieux de l'Europe, nous étions enfermés dans une impasse, une sorte de couvent moisi dont le sacristain était António de Oliveira Salazar. Et tout se déroulait comme dans un couvent : conventions, habitudes, rituels, les rencontres entre jeunes gens au domicile de l'un ou l'autre, petites fêtes étouffées et mélancoliques.

Parfois Isabel organisait chez elle une session de *fado castiço*, je veux dire le fado noble, comme vous le savez, ça aussi c'était une autre des contradictions d'Isabel, des assemblées avec les révolutionnaires à l'université et le fado noble chez elle, mais j'aimais bien ces séances, j'y allais parfois, je me souviens qu'en une occasion Thereza Noronha de Carvalho fit son apparition, elle était un mythe pour nous, elle venait de la vieille noblesse, chantait d'une voix fière les antiques *fados*, Isabel allumait les bougies d'un chandelier sur la table du petit salon, il y avait une bouteille de porto à partager entre tout le monde, on écoutait avec componction les paroles de la chanteuse, la noble fadiste avait un châle sur les épaules, et nous étions tous en vénération autour des bougies et du vin de Porto. Nous étions en train de célébrer un rite et en étions tous conscients, tandis que le monde continuait, le monde là au-dehors, mais dans ces réunions chez Isabel nous semblions ne pas nous en rendre compte.

Isabel portait des pull-overs de couleur mauve que sa nounou restée vivre avec elle lui tricotait, une vieille dame qui lui avait servi de nourrice quand elle était petite, c'est elle qui remplaça ses parents, elle était originaire de la Beira Baixa, elle parlait encore avec un fort accent provincial même si elle vivait depuis longtemps à Lisbonne, c'est elle qui sait tout d'Isabel, elle a été proche d'elle dans les années les plus difficiles, une vraie dévotion, mais peut-être que je suis en train de divaguer, suis-je en train de divaguer ? Eh bien, peu importe, vous pouvez malgré tout aller demander à la nounou, je ne sais pas tellement de choses sur Isabel, à partir de là ce que je sais n'est que par ouï-dire. Oui, j'ai entendu parler de cette histoire d'amour, mais, je le répète, Isabel je l'avais pratiquement perdue de vue.

J'ai l'impression que cette histoire fut sa perte, que c'est là que tout commença, je veux dire que sa fin commença. Mais je parle seulement par ouï-dire. Il paraît qu'elle aurait connu un jeune homme étranger à l'université, à présent je ne sais pas de quelle nationalité il était, il me semble qu'il était andalou, mais la seule chose que je sais avec certitude c'est qu'il bénéficiait d'une bourse d'études. Je les vis quelques fois ensemble parce qu'ils étaient inséparables, maintenant que j'y pense il était vraiment espagnol, mais je ne me souviens plus, tant d'années ont passé. Une fois nous avons dîné ensemble chez Toni dos Bifes, un petit bistrot proche du Saldanha où l'on ne dépensait presque rien, la cuisine était modeste mais abondante et Isabel et son compagnon étaient des habitués. Je me souviens bien de cette soirée. Isabel était très excitée parce qu'à la table voisine se trouvait un écrivain important avec toute la rédaction de la revue *Almanaque*. La revue se réunissait souvent chez Toni dos Bifes. À l'époque cette revue était un mythe, parce qu'elle se moquait de tout et de tous, la patrie et les institutions, les bourgeois, les traditions et les découvertes maritimes dont le Portugal se vantait tellement, c'était une revue téméraire qui avait prise sur les jeunes et les anticonformistes, et Isabel était jeune et voulait être anticonformiste. Puis l'écrivain vit l'étranger et le salua, ou plutôt il se leva et vint à notre table. Il nous tendit la main d'un air cordial. Il était petit et trapu, avec un aspect paysan, à le voir on n'aurait jamais pensé à un écrivain raffiné comme il était, mais les écrivains sont toujours ainsi, ils trompent leur monde. Nous étions en train de manger une tranche de viande avec un œuf dessus, qui était le plat le moins coûteux de l'auberge, et l'écrivain nous demanda si nous ne voulions pas le rejoindre à sa table. Nous emportâmes nos assiettes avec nous, mais la rédaction d'*Almanaque* nous offrit un grand plateau de riz au canard, disant que les jeunes devaient se nourrir.

Puis l'écrivain et l'étranger se mirent à parler de Vittorini et du néoréalisme italien, Isabel disait de temps en temps quelque chose, elle avait lu *Uomini e no* et admirait la résistance italienne, oui, je m'en souviens, le compagnon était bel et bien espagnol, et il avait tout l'air d'un Andalou, avec des cheveux de jais et un nez effilé, comme l'ont les Gitans ou les Juifs espagnols. Il appelait les filles portugaises des « petites blattes », et l'écrivain saisit l'occasion au vol pour porter la conversation sur Sá-Carneiro, qui qualifiait les bourgeois de cafards, ou plutôt de lépidoptères. Ainsi la soirée finit en une conversation sur le lépidoptérisme, et chaque rédacteur de la revue trouva une catégorie différente pour le lépidoptère. Écouter un match de football à la radio était lépidoptère, aller à la plage le dimanche était lépidoptère, manger de la morue était lépidoptère, se confesser était lépidoptère, s'habiller foncé était lépidoptère, se lever tôt était lépidoptère, dîner dans les restaurants chers était lépidoptère, tenir un journal était lépidoptère. Et ainsi de suite. Ce fut la soirée du lépidoptérisme. Quand nous sortîmes Isabel me demanda qui de nous deux était la plus lépidoptère. Je répondis tout de suite que c'était moi. Parce que c'était vrai. J'étais la plus bourgeoise, celle liée aux habitudes et aux traditions. Isabel avait désormais pris sa propre route, elle était presque devenue étrangère pour moi aussi, peut-être n'avions-nous plus rien à nous dire.

Et en effet ce ne fut pas elle qui me parla de cette histoire qu'elle était en train de vivre, comme je vous l'ai dit j'ai simplement recueilli des bruits qui circulaient à l'université. À mon avis c'était tout de l'affabulation, les mauvaises langues ont toujours existé, mais dans ces terribles années les bruits circulaient avec encore plus de férocité. Il paraît que l'étudiant espagnol était l'ami d'un écrivain polonais, et il le présenta à Isabel, une amitié en découla. C'était une amitié à trois, mais mon sentiment est que rien n'alla plus loin que l'amitié, bref : pique-nique à Ericeira, dimanche en ferry sur le Tage à essayer de ne pas être des lépidoptères ou quoi que ce soit dans le genre. D'après moi Isabel le faisait précisément pour ne pas être lépidoptère, pour se montrer comme la femme libre qu'elle voulait être mais qu'elle n'était peut-être pas, allez savoir. En tout cas j'entendis des bruits à l'université comme quoi elle avait eu des complications, paraît-il. Je dis paraît-il parce que je ne le sais pas avec certitude, c'est une étudiante dont elle n'était pas proche qui me le glissa une fois à l'oreille, une communiste qu'Isabel fréquentait probablement pour ne pas se sentir lépidoptère, une petite fanatique qui plus est moraliste comme l'étaient les communistes à cette époque, et elle me dit : Isabel est enceinte, paraît-il, mais on ne sait pas si c'est de l'Espagnol ou du Polonais. Puis elle me fit entendre qu'Isabel avait adhéré au parti communiste, c'est pour ça qu'on ne la voyait plus, elle menait une vie semi-clandestine parce qu'elle écrivait dans l'*Avante* sous un pseudonyme, Magda, me semble-t-il, ou quelque chose de ce genre. Mais qu'est-ce qu'Isabel peut écrire dans le journal du parti communiste ?, demandai-je, que peut-elle écrire avec l'enfance qu'elle a eue, avec ses origines, avec la vie qui a toujours été la sienne ? Elle écrit des appels à la jeunesse démocratique, me répondit cette idiote, elle est devenue la plus grande idéologue de notre journal, ses articles sont des coups de fouet, des invocations, des meetings, c'est une grande, ton amie, mais à présent elle a des ennuis. Mais moi, Isabel, je l'avais perdue de vue.

Celle qui me donna des nouvelles c'était cette communiste qui s'en alla ensuite en Angola pour combattre du côté des mouvements de libération et qu'on ne revit plus, tant mieux pour elle, je ne me rappelle pas même comment elle s'appelait, ou si, elle s'appelait Fátima, me semble-t-il, et elle me dit : tu sais, Isabel a décidé d'avorter, tout le monde l'a abandonnée, à l'exception de sa nourrice et de nous ses camarades, mais sa nounou ne sait rien de cette sale histoire. Et moi je lui dis : mon amie, tu m'as l'air un peu idiote, je connais Isabel mieux que toi, les histoires que tu me racontes semblent sortir de la clandestinité où tu vis, sache qu'Isabel n'a pas l'esprit de clandestinité, elle a toujours tout fait à la lumière du jour, va te faire voir, toi et ton parti. Ensuite je n'ai plus jamais revu Isabel.

Je revis en revanche la communiste, quelque temps plus tard, qui me dit : Isabel est en dépression, il semble que ses problèmes lui ont provoqué une dépression, je n'arrive pas à entrer en contact avec elle, il paraît qu'elle est allée vivre dans une petite ville du Nord, tu sais comment la joindre ?

Je la cherchai au numéro d'Amarante mais c'est la nounou qui me répondit, Isabel n'était pas là, elle ne savait pas où elle se trouvait, puis elle me dit : Mónica, chère Mónica, si vous réussissez à savoir quelque chose d'Isabel faites-le-moi savoir, je pense tellement à elle, je voulais avertir la police mais des amis à elle, inconnus, m'ont téléphoné pour me dire de ne pas prévenir la police même si elle ne donnait pas de nouvelles, il semble que ce soit une question de vie ou de mort, moi je suis partagée, j'ai envie d'entendre mon Isabel, je ne sais pas où elle est, ce qu'elle fait, je me sens mourir. Moi aussi je me sentis mourir en passant ce coup de fil. Qu'était-il arrivé à Isabel ? Où avait-elle fini ? Pourquoi ne donnait-elle pas de nouvelles ? Et puis : l'histoire que m'avait racontée la communiste était-elle vraie ? Si elle était vraie, Isabel avait besoin de quelqu'un qui l'aide, qui lui tienne compagnie, qui lui dise des mots de réconfort. Et j'étais la seule en mesure de le faire, j'étais sa vraie vieille amie, celle qui la connaissait depuis le temps de l'enfance, était-il possible qu'elle eût tout oublié, l'amitié, les étés à Amarante, les grenouilles ?

C'est ainsi que je me mis à sa recherche. J'entrai en contact avec un camarade de la communiste, laquelle était entre-temps partie pour l'Afrique. C'était un jeune homme un peu chauve, un étudiant inscrit depuis des années qui ne venait jamais en cours mais qui fréquentait assidûment la cantine. Il menait des activités clandestines, c'était si évident que je fus stupéfaite de voir que la police ne l'avait pas encore repéré. Mais la police politique, qui semblait si informée, était aussi stupide, elle ne parvenait pas à contrôler l'université, et c'est ainsi que le petit chauve lui échappait. Je l'arrêtai un jour à la cantine. Je me mis derrière lui et lui dis comme si je parlais en l'air : je suis une amie d'Isabel, je veux savoir ce qu'elle est devenue. Nous étions en train de prendre de la nourriture du self-service pour la mettre sur nos plateaux et il ne se décomposa pas, on voyait que c'était un type habitué à la clandestinité, il se tourna vers la dame qui servait derrière le comptoir et dit : la morue ne me dit rien, donnez-moi un peu de merlan aux herbes, puis il continua comme s'il parlait à la serveuse : Isabel a des problèmes psychologiques, elle se trouve dans un endroit confidentiel, je ne peux pas te donner le contact, désolé. Va te faire foutre, lui répondis-je en prenant mon assiette. Et ce fut la dernière fois que j'entendis quelqu'un parler d'Isabel. Parce que la semaine suivante, l'annonce fut publiée dans le *Diário de Notícias*, le journal du matin le plus lu. Ça disait : les amis d'Isabel Queiroz do Monte font part que Dieu tout-puissant a rappelé à Sa Divine Présence sa fille bien-aimée Isabel pour qui sera célébrée la messe du septième jour demain 18 avril dans l'église de l'Encarnação à Cascais, à 11 heures.

Le lendemain j'allai à Cascais. C'était une journée magnifique. Je marchai tout le long de la baie et m'arrêtai dans un café. J'étais arrivée en avance et il me fallait attendre un peu, la baie était pleine de bateaux à voile prêts pour la régate, je parcourus tout le virage sur la mer, fumai une cigarette, pensai à Isabel, me préparai spirituellement et j'arrivai à l'Encarnação qui est une petite église d'où l'on a le plus beau panorama qui soit sur Cascais. Devant l'église se trouvait un poissonnier avec son petit chariot qui vendait des fruits de mer. J'en achetai quelques-uns et me mis à les manger, assise sur un banc de pierre, en attendant. À 11 heures moins le quart je m'aperçus qu'il n'y avait encore personne. J'attendis encore un peu en mangeant mes fruits de mer puis j'entrai dans l'église. Plus qu'une église, l'Encarnação est une chapelle de marins. Il y a de vieux ex-voto et le pupitre est surplombé par une madone qu'un marin d'autrefois peignit lors de ses voyages. Je m'installai sur un prie-Dieu et j'attendis.

À 11 heures le curé arriva accompagné de deux enfants de chœur et avant de célébrer la messe il précisa à ma seule intention : c'est la messe du septième jour pour notre chère sœur Isabel que Notre Seigneur a rappelée à lui. Après la messe je le rejoignis dans la sacristie. Mon père, dis-je, je suis une vieille amie d'Isabel, je voudrais savoir comment elle est morte. Il me regarda avec de grands yeux émerveillés et répondit : je ne le sais pas moi-même, j'ai seulement reçu la mission de célébrer la messe du septième jour mais je ne sais pas comment elle est morte. Et vous ne savez pas où elle est enterrée, demandai-je, et qui sont ceux qui s'appellent ses amis? Je ne le sais pas, dit-il, je ne le sais vraiment pas. Mais vous connaissiez Isabel?, lui demandai-je. Bien sûr que je la connaissais, répondit-il, je l'avais connue enfant, et puis, les derniers temps, elle est venue se confesser. Et que vous a-t-elle dit?, demandai-je. Ça je ne peux pas te le dire, ma fille, me répondit-il, c'est le secret de la confession. Mais vous savez comment elle est morte et où se trouve son corps ?, lui demandai-je. Il enleva son étole et me regarda d'un air désolé. Je ne le sais pas, répondit-il, je ne sais rien, ils m'ont dit qu'elle était morte et j'ai cru qu'il en était ainsi, certains de ses camarades d'université m'ont téléphoné et m'ont versé une obole pour la messe du septième jour, mais je n'ai pas vu Isabel morte et je ne sais où elle est enterrée, j'ignore pourquoi tu me le demandes à moi, étant donné que ses amis le savent, est-ce que tu n'es pas son amie ? Je le suis, répondis-je, mais ces derniers temps elle avait des contacts avec des amis qui mènent une vie peu claire, mon père, vous savez comment vont les choses dans ce pays, je n'ai pas réussi à savoir quoi que ce soit.

Je sortis sur la baie de Cascais. Il était midi passé et avril scintillait. Je m'arrêtai dans un restaurant et commandai un poisson au gril. Le garçon m'apporta le poisson et me demanda si je voulais faire une excursion touristique jusqu'à la Bouche de l'Enfer. Je répondis que je n'aimais pas les excursions touristiques. Je n'ai plus rien su d'Isabel. Des bruits coururent comme quoi elle s'était suicidée, mais ce n'étaient pas des bruits très fiables, ils venaient de personnes à l'université qui n'en savaient pas plus que moi. Le petit chauve disparut, et la communiste, comme je l'ai dit, était partie pour l'Angola. La seule personne qui pourrait peut-être vous dire quelque chose de plus, si elle est encore vivante, est sa nounou, Brígida Teixeira, qu'on appelle Bi, elle doit encore habiter à la vieille adresse, à Travessa da Palmeira, je ne connais pas le numéro, mais tout le monde dans la rue pourra vous l'indiquer. Je répète, si elle est encore vivante. Je n'ai rien d'autre à vous dire.

Deuxième cercle. Bi. Lisbonne. Orientation

Comme je ne vous ai jamais vu dans la maison d'Amarante, et que vous prétendez avoir connu Isabel, cela veut dire que vous l'avez connue sur le tard, quand elle était déjà une femme, même si pour moi elle n'est jamais devenue une femme, elle est restée mon enfant. Je m'appelle Brígida, Brígida Teixeira, mais elle m'appelait Bi et je suis restée pour toujours sa Bi, comme elle m'appelait quand elle était petite et comme elle a toujours continué de m'appeler : Bi. J'entends encore sa petite voix d'enfant, quand elle était malade : Bi, Bi, je te veux ici, je veux ta compagnie, je veux ma Bi. Et alors je montais l'escalier et lui apportais un jouet, un jus d'oranges pressées, un dessert fait de mes mains. Petite, elle était toujours malade, elle souffrait d'asthme. Ce fut un drame, parce que l'asthme ne se soigne pas, plus qu'une maladie c'est un symptôme, et il semblait qu'il n'y eût rien à faire. Sa mère était désespérée. Puis je m'adressai de ma propre initiative à un médecin homéopathe qui était le fils d'un de mes cousins, un brave jeune homme qui travaillait le matin à l'hôpital de Santa Maria comme médecin normal, et soignait l'après-midi ses patients selon ses propres méthodes. Il la prit en consultation et me dit : c'est de l'asthme psychosomatique, cette enfant a des problèmes psychologiques, je ne sais pas de quels problèmes il s'agit, il faudrait un psychologue, mais ce sont des problèmes mentaux. C'est moi qui tins le rôle du psychologue, et pour quelqu'un qui la connaissait comme moi, de la psychologie, il n'en fallait pas beaucoup. Son père n'était pas là, à l'époque, il n'était jamais là, toujours à Paris, et quand il était là c'est comme s'il n'y avait pas été. Isabel me pressait : Bi, papa a écrit ?, Bi, papa a téléphoné ?, Bi, quand rentre papa ? Son père lui manquait, elle en était un peu amoureuse comme le sont toutes les filles de cet âge avec leur papa. Pauvre homme, il fallait le comprendre, la propriété d'Amarante suscitait plus de dépenses que de revenus, un de ses amis de Paris lui avait proposé de participer à une société française d'import-export qui faisait des affaires avec le Portugal, il avait vendu quelques hectares et faisait de son mieux pour aller de l'avant. Son absence se faisait sentir. Et la mère d'Isabel ne fut pas d'une grande aide pour la petite. Elle était trop occupée par la paroisse. Le fait est qu'en ce temps-là il y avait dans une des paroisses élégantes de Lisbonne un prêtre qui s'était mis en tête d'aller contre les règles du patriarche, lequel était un gros fasciste, Dieu nous en préserve et nous en délivre. Aller contre ces règles était une folie, en ce temps-là, parce que le patriarche ne faisait qu'un avec Salazar, ils avaient grandi ensemble, Salazar était bel et bien son sacristain, et ce curé, une brave personne, certainement, mais aussi un peu présomptueux, se mit à combattre contre les moulins à vent. C'est ainsi qu'un beau jour la police politique arriva dans la paroisse et lui dit : veuillez nous suivre. Certains milieux de Lisbonne entrèrent en agitation, car toucher à ce prêtre signifiait toucher à certains catholiques qui comptaient beaucoup dans l'opinion publique. Comment, se demandaient ces catholiques, comment se fait-il qu'un curé comme celui-ci finisse en prison parce qu'il a tenu de son pupitre un discours contre les pharisiens ?, ça vient des Évangiles. Et des comités de défense commencèrent à se constituer. À la tête d'un de ces comités il y avait la mère d'Isabel. Elle avait probablement un faible pour ce curé, je ne le nie pas, c'était un bel homme, je ne pourrais pas dire le contraire, grand, avec un teint olivâtre, des cheveux de jais pommadés, il était venu quelques fois prendre le thé chez nous et la maman d'Isabel lui réservait toute son attention. Quand il fut arrêté, la bonne dame prit la nouvelle comme une catastrophe. Chère Madame, lui dis-je, que voulez-vous qu'une arrestation de plus ou de moins y fasse, le fort de Peniche est plein de prisonniers politiques, ce pays est à moitié incarcéré, ma chère, peut-être y faut-il aussi un prêtre, comme ça il confessera et confortera tout le monde. Mais elle ne se laissait pas raisonner. Toute la journée au téléphone avec les amis, avec le comité, avec le secrétariat du patriarcat, et puis le soir des réunions interminables dans un club féminin qui se trouvait du côté de l'Avenida Duque de Loulé où se réunissaient les dames élégantes de Lisbonne. Isabel restait seule avec moi tous les soirs, elle avait peur d'aller au lit et je la bordais. Mais elle ne voulait pas de fable ou d'histoire pour s'endormir, d'ailleurs elle n'était plus une enfant, elle était déjà une jeune fille, une très belle jeune fille. Elle me tenait des discours étranges. Les grands se trouvent toujours un amant, papa, qui sait, il s'est peut-être trouvé une amante à Paris, maman s'est au contraire trouvé un amant idéal, mais elle n'aura jamais le courage de donner à ça un tour amoureux parce que c'est un prêtre qui pense seulement aux pharisiens, d'après moi ce prêtre est un parfait crétin. Et moi je lui disais : Isabel, une petite fille comme toi ne doit pas tenir de tels discours. Et elle me répondait : Bi, tu as toujours vécu avec moi et je suis sûre que tu n'as jamais connu d'homme, tu n'as jamais eu d'amant, mais moi, quand le moment viendra, je me trouverai un amant, je me choisirai un homme présomptueux, comme maman en connaît, je le ferai tomber follement amoureux de moi et je le ferai mourir de déplaisir. Et moi je lui disais : tu ne dois pas me dire ces choses, tu es une petite fille, ce sont des affaires de grands, toi tu es ma petite chérie, tu ne dois pas penser à ces choses, Isabel. Et elle insistait : ce n'est pas vrai, je suis presque grande, je me trouverai un amant, et je le ferai mourir de déplaisir. Voilà, c'était ça mon Isabel.

Elle avait parlé d'une traite. Elle se tut et me regarda. Je me rendis compte alors seulement qu'elle devait être très vieille. Elle était un dépôt délabré de mémoires.

Chère madame Brígida, dis-je, votre histoire est très attendrissante, du reste je comprends que vous ayez eu beaucoup de tendresse pour Isabel, mais à moi ça ne me suffit pas, j'aimerais savoir d'autres choses. Elle me regarda d'un air soupçonneux. Je ne sais pas ce que je pourrais vous dire de plus, répondit-elle, moi j'étais seulement sa nounou. Il ne pouvait échapper à sa nounou qu'Isabel avait des problèmes avec la police, dis-je, de graves problèmes, il s'agissait de la police politique. Elle me regarda d'un air encore plus soupçonneux. Qui vous l'a dit ?, me demanda-t-elle. C'est Mónica qui me l'a dit, répondis-je. Bien sûr, dit-elle méditative, mademoiselle Mónica, mais pourquoi n'avez-vous pas posé la question à mademoiselle Mónica ? Parce que Mónica en sait moins que vous, chère Bi, dis-je, si vous me permettez de vous appeler ainsi, et elle prétend que c'est vous qui vous êtes occupée d'Isabel quand la police politique la recherchait. C'est mademoiselle Mónica qui vous a dit ça ?, demanda la Bi. C'est Mónica qui me l'a dit, confirmai-je, pourquoi nier ?, ne niez pas, chère Bi, sans quoi vous allez renier. Je ne renie rien, dit la Bi comme si je l'avais piquée au vif, je ne renie certainement pas ce moment où mon Isabel avait besoin de moi. Et alors parlez-moi de ce moment, dis-je. Elle se versa un verre d'eau de la carafe qui était sur la table. Une nuit elle frappa à ma porte, murmura-t-elle, il devait être minuit, et elle me dit,

Bi, la police me cherche, il pleuvait, elle était toute trempée. Elle fit une pause. Eh bien ?, dis-je. Ne m'interrompez pas, je vous en prie, dit-elle. Je la laissai parler.

Il pleuvait, elle avait les cheveux mouillés, elle était toute trempée. Bel, dis-je, ma petite Bel, qu'est-ce que ça veut dire la police ? Mais elle ne dit rien d'autre. Et moi de la suivre dans le corridor et de lui demander : mais qu'est-ce que ça veut dire la police ?, pourquoi la police ?, qu'est-ce qui t'arrive ? Et elle qui restait silencieuse. Et moi, tout en lui préparant un lait chaud, d'insister : qu'est-ce que tu as fabriqué pour que la police te cherche ?, c'est une histoire de quel genre, une histoire politique ? Stupide Bi, me répondit-elle, bien sûr que c'est une histoire politique, ne pose plus de questions, et si quelqu'un me cherche je ne suis pas là, tu ne sais pas où je suis, peut-être que quelqu'un viendra te trouver pour te dire qu'il est le contact, ça c'est des amis, je serai dehors toute la journée, et de temps en temps je viendrai dormir ici. Mais un après-midi des hommes arrivèrent. C'était la police politique. Ils regardèrent partout, avec arrogance, et me posèrent beaucoup de questions. Vous savez où elle est et vous devez nous le dire, essayèrent-ils de m'intimider. Je répondis que je la connaissais à l'époque où j'étais de service dans sa maison et que je ne savais plus rien d'elle. Et qui dort ici ?, demandèrent-ils en regardant la petite chambre où dormait Isabel. C'est mon amie Maria da Conceição qui dort ici, mentis-je, elle était pâtissière et servait autrefois dans une maison de riches, mais à présent elle est à la retraite. Et ce soir-là, quand Isabel revint, je lui racontai tout. Elle récupéra un petit sac qu'elle avait caché et que la police n'avait heureusement pas trouvé, il me semble qu'il y avait dedans des livres et de petites affiches, si le contact me cherche ici dis-lui que je suis allée chez une amie sûre, dit-elle, elle m'embrassa et partit, je ne l'ai plus revue par la suite.

Elle reprit son souffle et se versa un autre verre d'eau. Je ne l'ai plus revue, répéta-t-elle. C'est possible, répliquai-je, mais le faire-part de décès dans le journal, vous l'aurez bien vu, ce n'est pas possible que personne ne vous ait avertie. La vieille Bi me regarda un peu de travers par-dessus ses lunettes. À quel faire-part faites-vous allusion ?, demanda-t-elle. À la messe du septième jour dans la chapelle de Cascais, répondis-je. Ça aussi c'est mademoiselle Mónica qui vous l'a dit ?, me demanda-t-elle. Mónica y est allée ce jour-là, répondis-je, mais il n'y avait personne. C'était une plaisanterie de mauvais goût, répondit-elle, on trouve toujours un imbécile pour faire des choses de ce genre dans les journaux. Donc, dis-je, Isabel ne s'était pas suicidée. Quelle idée, dit-elle, vous la voyez se suicider, ma petite Bel, avec le caractère qu'elle avait ? Et alors ?, demandai-je. Alors quoi ?, dit-elle. Alors où a-t-elle fini ? Elle écarta les bras. Là où le destin la conduisait, dit-elle. Mais vous avez gardé sa trace ?, demandai-je, vous savez où elle est ? Pas du tout, soupira-t-elle. Puis elle ajouta : excusez-moi, monsieur, vous croyez vraiment que si je savais quelque chose je le dirais justement à vous que je n'ai jamais vu ni connu ?, d'ailleurs pourquoi est-ce que ça vous intéresse tant ? C'est une histoire privée, répondis-je, qui serait trop longue à expliquer.

Il me sembla être arrivé à un point mort. Si la Bi ne savait pas, il était inutile d'insister. Si elle savait, il était tout aussi inutile d'insister, jamais elle n'allait donner des nouvelles de sa Bel à un inconnu qui venait chez elle tant d'années après. Alors je dis : Mónica ne sait pas grand-chose, à cette époque elle ne la fréquentait pratiquement plus, mais vous, chère Bi, vous savez à coup sûr qui fréquentait Isabel durant la période où elle était cachée chez vous. Le contact, répondit-elle rapidement, elle fréquentait le contact. Et qui était le contact ?, demandai-je, quel visage avait-il ? Inconnu, dit-elle. Bien sûr, dis-je, inconnu, mais Isabel avait bien dans ces jours-là quelqu'un que vous devez connaître. Elle sembla flotter dans le vide. J'ai connaissance d'une musicienne, répondit-elle, en ce temps-là elle fréquentait une musicienne, elle habitait alors Travessa do Carmo, mais à présent je ne sais pas où elle habite, c'est une musicienne qui joue de la musique moderne, elle a un nom étranger, on m'a dit qu'elle jouait dans une boîte de Praça da Alegria, vous savez, cette musique qu'ont inventée les Noirs, je ne sais pas comment ça s'appelle, et le nom de cette fille non plus je ne m'en souviens pas, c'est un nom étranger. Et maintenant bonsoir, vous m'excuserez, le soir je me couche tôt.

Troisième cercle.
Tecs. Lisbonne. Absorption

Les dimanches de Lisbonne, ce que peuvent être certains dimanches de Lisbonne quand arrive un épais brouillard atlantique qui étrangle la ville. On fait quoi le matin ?, on va à la messe à S. Domingos, me disait un ami, et l'après-midi on essuie quatre gouttes de pluie et on se gratte le ventre.

C'est ce que j'avais fait. Mais je n'étais pas allé à la messe, j'avais essuyé quatre gouttes de pluie et je m'étais gratté le ventre. Et finalement le soir était arrivé.

Je sortis par la rue Alexandre-Herculano et me mis à parcourir toute l'Avenida da Liberdade. Je m'arrêtai devant la vitrine d'une compagnie aérienne où il y avait une énorme photographie publicitaire qui invitait à visiter un désert. Lisbonne aussi était à moitié déserte à cette heure-là. Je n'avais pas mangé et je n'avais pas faim, j'avais juste besoin de me donner du courage. Je m'arrêtai devant l'hôtel Tivoli et eus l'idée d'entrer dans le bar, ça allait peut-être me faire du bien, autrefois il y avait un vieux barman que je connaissais, il s'appelait Joaquim.

Il était derrière le bar avec son nœud papillon et sembla ne pas me reconnaître. Bonsoir Joaquim, lui dis-je, tu ne reconnais plus les vieux amis ? Il me regarda d'un air neutre. Les amis sont toujours les amis, répondit-il philosophiquement. Et il se mit à servir un couple d'Américains élégants. Je m'installai sur un tabouret, puis je changeai de place et m'assis à une petite table dans le coin de la salle. Joaquim arriva avec sollicitude. Que puis-je vous servir ?, demanda-t-il, en me traitant avec déférence. Il était évident qu'il ne me reconnaissait pas. Écoute, l'ami Joaquim, dis-je, tu ne me reconnais plus, mais il fut un temps où tu me connaissais, allons, la vie est ainsi faite, tu as peu de mémoire pour un barman, d'habitude les barmen ont une excellente mémoire, une mémoire d'éléphant.

Joaquim avait d'impensables ressources. Il ne faut jamais reconnaître les clients, on ne sait jamais si ça leur plaît, répondit-il en déposant sur la table un bol de noisettes, vous voulez comme d'habitude ? Je le regardai avec curiosité et son visage demeura imperturbable. Un peu pour contrôler sa mémoire je répondis : d'accord, comme d'habitude. Et j'allongeai mes jambes sous la table. Joaquim arriva et me demanda de l'excuser. Pardonnez la mauvaise qualité du service, me dit-il d'un air neutre, mais ce couple d'Américains est infernal, ils ne boivent que du whisky américain, comme s'il n'y en avait pas d'autre au monde, j'avais fini la bouteille et j'ai dû aller en chercher une nouvelle dans la réserve.

Il posa délicatement sur la table un verre presque rempli en forme de cône, prit une carafe de cristal et compléta le cocktail. Vodka avec citron parce que l'orange vous donne de l'acidité à l'estomac, murmura-t-il, j'espère ne pas me tromper, et une goutte d'angusture. Il remua encore le tout avec une petite cuiller et ajouta : je me souviens bien ? Tu es absolument splendide, Joaquim, dis-je, comment se fait-il que tu te souviennes si bien ?, cela fait si longtemps. Mémoire d'éléphant, répondit-il, c'est ainsi que doivent être les barmen. Puis il continua : et votre ami Ruy, qu'en est-il de lui ?, lui aussi aimait ce cocktail. Son esprit doit être à Timor, répondis-je, il le mérite car c'est le lieu où il a passé ses meilleures années, mais son corps est ici en ville, au cimetière anglais. C'est dommage, commenta Joaquim, il écrivait de beaux poèmes, c'est vraiment dommage. Il me demanda s'il pouvait s'asseoir. Bien sûr, Joaquim, dis-je, assieds-toi, parlons un peu. Mais vous savez que ces deux-là sont en train de prendre une cuite, chuchota-t-il en indiquant le couple d'Américains, puis il me demanda : mais votre ami Ruy était portugais ou timorais ? Il écrivait en portugais, répondis-je, mais de Timor il avait la découpe des yeux et la mémoire des cantilènes enfantines. Je me rappelle qu'une fois il était venu et avait pleuré, dit Joaquim, il pleurait parce que le Portugal avait perdu Timor. Avant de mourir il m'avait envoyé un de ses poèmes, dis-je, je l'ai traduit en polonais, tu veux que je te le lise ? Malheureusement je ne comprends pas le polonais, se justifia Joaquim, c'est vraiment une langue que je n'ai jamais pratiquée. Je te le lis dans notre langue, bien entendu, dis-je, je l'ai dans la poche. Je pris mon portefeuille et en sortis une feuille pliée en quatre. Tu sais Joaquim, dis-je, ça s'appelle *Condição poética*, il me semble que cela nous regarde tous, en tout cas ça me regarde de façon particulière, parce que là d'où je viens je me trouve dans une condition similaire. Je m'éclaircis la voix et je lus : Je suis vraiment fatigué de toi, ils t'approuvent tous, ô poésie !, nous allons toujours ensemble, nous nous réveillons dans le même lit, nous avons composé des chansons, nous avons fait des enfants, écrasés par les chiens et par la rosée nous retournons à la terre promise, monts sacrés, aube mystérieuse, aurore dans le granit, calme, âme réveille-toi et chante le jeûne solaire qui nous embrasse et qui fond.

Je le regardai et Joaquim me regarda. C'est vraiment beau, dit-il, j'ai senti un frisson, vous savez, ça m'a fait penser à un de ces jours d'été de mon enfance, quand on ne voyait que des chênes-lièges et que le soleil était implacable. Le jeûne solaire qui nous embrasse et qui fond, c'est vraiment pas mal, hein, Joaquim ?, demandai-je. Vraiment pas mal, confirma-t-il, j'aimerais m'y connaître en poésie mais j'ai choisi ce métier, je sers des liqueurs. D'après moi la poésie n'est pas en opposition avec les liqueurs, essayai-je de le réconforter. Vous croyez ?, dit-il, vous voulez encore un peu de vodka ? Non, répondis-je, peut-être un peu d'absinthe, comme on la buvait au XIXe siècle, je connaissais autrefois un bar dans le Bairro Alto où l'on pouvait boire de l'absinthe, qui sait s'il existe encore. Il y a toujours de l'absinthe, confirma Joaquim, je connais une petite fabrique du Minho qui en produit, peu de bouteilles, mais quelques bars des environs en ont, vous savez, je crois qu'au Portugal elle n'est pas interdite, après tout nous ne sommes pas comme le reste de l'Europe. Que veux-tu dire, Joaquim ?, lui demandai-je. Que nous tenons à notre indépendance, répondit-il avec orgueil. Bien sûr, dis-je, du moins pour l'absinthe. Et qu'est-ce que vous faites de beau ce soir ?, continua Joaquim. Je vais dans une boîte tout près d'ici, répondis-je, à Praça da Alegria, pour écouter du jazz. Qui sait si vous n'allez pas trouver aussi de l'absinthe, dit Joaquim, j'ai entendu dire qu'ils en ont dans le coin. Combien te dois-je, mon cher Joaquim ?, demandai-je. Il tendit les mains devant moi. Je tiens à vous offrir ça, répondit-il, permettez, après tant d'années. Moi aussi je tiens à payer, répliquai-je. Écoutez, dit-il, considérez ça comme un cadeau de l'hôtel, qui demeure un hôtel de grande classe, mais surtout un cadeau de ma mémoire d'éléphant. Et il me tendit la main.

Le Hot-Dog était une boîte minuscule, avec un comptoir et peu de tables. Il n'y avait pas beaucoup de monde, heureusement. Mais peut-être les Lisboètes n'étaient-ils pas d'humeur à écouter du jazz par ce dimanche soir brumeux. Sur la porte se trouvait une affiche où il était écrit :

Le saxophone de Tecs. Et puis, en dessous : Hommage à Sonny Rollins.

Je m'installai à une table d'angle. Le garçon arriva aussitôt et me demanda si je voulais manger tout de suite ou après le concert. Ça dépend de combien de temps ça dure, répondis-je. Il y a seulement deux morceaux, dit-il, ce soir la saxophoniste ne joue que deux morceaux, elle est fatiguée, hier c'était samedi et elle a joué jusqu'à trois heures du matin. Je convins qu'il était mieux de manger après le concert et le garçon me demanda si je voulais un apéritif. J'aimerais une absinthe, dis-je. Il ne montra aucun étonnement et répliqua : avec ou sans glaçons ? Pourquoi, demandai-je, l'absinthe se sert encore avec des glaçons ? Ici oui, dit-il, dans notre boîte on la sert avec glaçons. Sans glaçons, dis-je juste pour le contredire, je veux une absinthe sérieuse, comme on la buvait autrefois.

Le piano et la contrebasse avaient déjà commencé à s'accorder. Le garçon disparut et les lumières baissèrent. La saxophoniste entra par une petite porte latérale et s'appuya au comptoir. C'était une femme aux cheveux gris, mais on voyait qu'elle était encore jeune. Elle me plut aussitôt : elle avait une expression déterminée, un visage légèrement marqué par le temps et des yeux bleus. Elle tenait le saxophone attaché à son cou par un petit cordon de cuir. Elle appuya ses coudes derrière elle sur le comptoir, regarda tout autour et dit : ce soir je rends un hommage à Sonny Rollins, juste deux morceaux, le premier s'appelle *Everything Happens to Me*.

Elle se mit à jouer avec calme, puis avec plus de force. Je compris qu'il s'agissait d'une chanson traditionnelle, d'une *ballad* transformée en jazz. C'était romantique et intimiste, avec des ouvertures improvisées que Tecs jouait très bien. Je l'écoutais avec attention, même si personnellement cela ne me disait pas grand-chose, mais je l'écoutais avec attention. Quand elle eut fini il y eut de brefs applaudissements de connaisseurs, et moi aussi j'applaudis. Les lumières s'allumèrent et le garçon arriva avec mon absinthe. Entracte, dit-il, dix minutes d'entracte, ce soir la musicienne est fatiguée. Je le remerciai et l'arrêtai de la main avant qu'il ne s'en aille. Écoutez-moi, dis-je, vous devriez dire à la saxophoniste que je voudrais lui parler après le second morceau, si elle acceptait de dîner avec moi j'en serais très heureux, dites-lui que je suis un vieil ami d'Isabel.

Le garçon s'éloigna et les lumières baissèrent à nouveau. Tecs apparut et s'installa au comptoir. Avant de commencer elle dit : *Three Little Words*. Et elle se mit à jouer. Il me sembla que c'était un mouvement en quatre-quatre, je ne m'y connais pas vraiment, mais c'était ce qu'on appelle du *hard bop*, dur, comme on en jouait dans les années soixante-dix, et pourtant elle y mettait un certain swing, avec quelque chose de romantique, même si c'était à peine esquissé. Les gens applaudirent. Et les lumières s'allumèrent. Je posai la serviette sur mes genoux et attendis. Peu après Tecs arriva. Elle avait mis une chemise bleue. Vous vouliez me voir ?, demanda-t-elle. Je suis un vieil ami d'Isabel, répondis-je, voulez-vous dîner avec moi ? Elle s'installa à table. Qu'est-ce que vous buvez ?, me demanda-t-elle. Elle parlait avec un fort accent anglais. Je bois de l'absinthe, répondis-je, mais sans glaçons, avant j'ai bu une vodka, ça va sans doute faire un mélange terrifiant. Et que voulez-vous manger ?, me demanda-t-elle. Des œufs frits avec du lard, dis-je. Qu'est-ce que vous en pensez ? Ça me semble un mélange terrifiant, dit-elle, mais allez-y, moi je vais prendre une salade de crevettes.

Le garçon arriva avec un beau sourire. Nous commandâmes les œufs et la salade. Un haut-parleur commença à diffuser en sourdine un air de saxophone. C'est encore vous qui jouez ?, lui demandai-je. Elle répondit que oui. C'est mon hommage à Sonny Rollins, dit-elle. Un disque que j'ai sorti le mois dernier. Quand vous avez connu Isabel vous jouiez déjà ?, demandai-je. Vous me faites remonter dans le temps, soupira Tecs. J'en étais à mes premières armes, je fréquentais l'université et de temps en temps je me montrais en public à la cantine des étudiants. Une histoire curieuse, répliquai-je, une fille anglaise qui étudie à Lisbonne et joue du saxophone à l'université. Américaine, corrigea Tecs, je suis américaine, et puis mon histoire n'est pas plus curieuse qu'une autre, mon père était ingénieur à Norfolk, et la boîte pour laquelle il travaillait lui a proposé un emploi dans les chantiers navals de Lisbonne, ma mère désirait connaître l'Europe, mon père accepta et nous sommes arrivés au Portugal, je me suis inscrite à la faculté de sciences, en réalité je suis biologiste, même si je n'ai jamais exercé cette profession, à l'époque j'étudiais déjà le saxophone mais j'avais un peu honte, c'est Isabel qui découvrit que je jouais et insista pour que je fasse des apparitions publiques à la cantine universitaire, pour les jeunes gens portugais, écouter du jazz à ce moment-là était une sorte de révolution, c'était la musique d'un grand pays démocratique, ici au Portugal le régime encourageait le fado, et soutenait en particulier une chanteuse qui avait une belle voix. Je crois comprendre qui était la chanteuse, dis-je. Bien sûr, confirma-t-elle, on s'est très bien compris, inutile de donner des noms. Et Isabel ?, demandai-je. Isabel était dans une association d'étudiants, dit Tecs, des étudiants contre le régime, elle me proposa d'en faire partie moi aussi et j'y adhérai, mais moi j'étais protégée par mon passeport américain, ce n'était pas aussi risqué que pour elle, en réalité on ne faisait rien dans cette association, on lisait juste des livres de politique interdits, rien de plus, mais Isabel fréquentait aussi d'autres personnes qu'elle ne m'a jamais présentées, puis elle disparut pendant un certain temps et plus tard j'appris qu'elle avait été arrêtée et se trouvait dans la prison de Caxias ; nous eûmes de ses nouvelles par un gardien qui vint à ses risques et périls à l'université pour nous apporter un message écrit, c'était un gardien frondeur, il aidait les prisonniers politiques. Tecs se tut puis reprit : trop de temps a passé. Puis elle dit : de mon côté je me rendis en Amérique pour un certain temps, et quand je revins on me dit qu'Isabel était morte, qu'elle s'était suicidée en prison, on me fit lire un faire-part qui avait paru dans le journal, c'est tout ce que je sais.

Nous nous tûmes tous les deux. Le disque aussi était fini. On entendait seulement le murmure discret des derniers clients aux autres tables. Vous savez, Tecs, dis-je, il n'existe aucun certificat de décès d'Isabel, j'ai fouillé dans toutes les archives. Que voulez-vous dire?, demanda-t-elle. Simplement ceci, répondis-je, qu'elle n'a jamais été officiellement morte. Mais on m'a dit qu'elle s'était suicidée en prison, dit Tecs, qu'elle avait avalé des morceaux de verre. D'accord, dis-je, on peut raconter beaucoup de choses. Mais j'ai vu le faire-part dans le journal, répliqua-t-elle avec conviction, je l'ai vu de mes propres yeux. Et vous croyez aux journaux?, demandai-je, d'ailleurs, bon, n'importe qui peut avoir rédigé le faire-part. Ça c'est vrai, admit Tecs, mais à présent que voulez-vous faire? J'aimerais retrouver le gardien dont vous me parliez tout à l'heure, dis-je, peut-être en saura-t-il davantage, vous vous rappelez son nom? Tecs mit sa tête entre ses mains. Oh mon Dieu, dit-elle, je l'ai su, mais tellement de temps a passé. Faites un effort, l'encourageai-je, nous avons toute la nuit. Tecs me regarda et secoua la tête. Je suis désolée, dit-elle, je l'ai évacué de ma mémoire, je me souviens seulement que c'était un Capverdien. C'est un peu léger, dis-je, essayez de faire un effort. Je ne m'en souviens plus, répondit-elle, je suis désolée. Écoutez, Tecs, insistai-je, cet homme est très important pour moi et vous devez faire un effort, je peux vous dire que l'absinthe, outre une certaine excitation, donne aussi une lucidité exceptionnelle, que diriez-vous d'un verre d'absinthe ? Elle sourit. Je n'en ai jamais bu, se justifia-t-elle, je ne sais pas quel effet ça aura sur moi. Puis elle continua : de toute façon peu importe, la soirée est finie, va pour l'absinthe. J'appelai le garçon et une autre chose me vint en tête. Sonny Rollins jouait déjà dans les années soixante, pas vrai Tecs ?, demandai-je, c'est une musique des années soixante. Elle confirma. Déjà à l'université je jouais ses morceaux, répondit-elle, il a été un de mes maîtres. Bien, dis-je, faisons remettre le disque.

Nous étions désormais seuls dans la boîte. La musique reprit et le garçon apporta l'absinthe. Tecs alluma une longue pipe en os et tira deux bouffées. C'est un chef indien qui me l'a donnée, dit-elle, une pipe qui porte chance, c'était Arapaho, du côté de l'Arkansas, il m'a dit qu'il fallait l'utiliser dans les moments difficiles. Le disque fit à nouveau entendre *Everything Happens to Me*. Et tandis que le saxophone se lançait dans un large phrasé Tecs me prit la main et dit : il s'appelait Almeida, c'était monsieur Almeida. Zut alors, dis-je, le Portugal est plein de Almeida. Tecs sourit avec un air d'encouragement. Un Almeida capverdien qui était gardien à Caxias il y a tant d'années, murmura-t-elle, il ne vous sera pas difficile de le retrouver s'il est encore vivant, vu que vous fréquentez les archives.

Je lui demandai d'attendre la fin du disque. À présent ça me plaisait d'écouter le morceau jusqu'au bout. Tecs leva son verre d'absinthe et m'invita à porter un toast. Il en restait quelques gouttes dans mon verre. À qui portons-nous un toast ?, demanda-t-elle. À Sonny Rollins, répondis-je, il le mérite bien. À Sonny, dit Tecs. Puis elle ajouta : et à votre recherche.

Quatrième cercle.
Oncle Tom. Reboleira. Réintégration

Je regardai autour de moi. L'autobus était presque vide. Il y avait deux jeunes Noirs avec des tresses appuyés à la porte de sortie, devant moi une petite vieille avec son sac de courses, et sur le siège du fond un monsieur d'allure modeste. Je me levai et allai vers le conducteur. Un panneau disait : Interdit de parler au conducteur. C'était un Capverdien svelte à l'air indifférent. Je lui indiquai que j'allais à Reboleira et voulais savoir à quel arrêt descendre. Il fit un mouvement des lèvres, comme un petit sifflement. C'est le terminus, répondit-il en regardant devant lui, tout le monde descend, Reboleira c'est le terminus et ensuite il n'y a plus rien.

Je fus le dernier à descendre. C'était une place circulaire pleine de mauvaises herbes, avec au centre une espèce d'énorme boule de granit qui devait être un monument à quelque chose ou à quelqu'un. À côté se trouvait une plaque de métal surmontée d'une inscription : Bienvenue à Reboleira. Sur la plaque était dessiné le quartier, avec les rues et les indications. Je cherchai à m'orienter. Rua Cabo Verde, Rua Angola, Rua S. Tomé, Rua Moçambique. C'était un lotissement d'immeubles populaires avec des rues en terre battue et des petites places glauques, je pris à droite, parcourus une petite avenue bordée d'arbres maigrichons, il n'y avait pas d'égouts ni aucune autre infrastructure dans cet endroit, on le voyait bien, je trouvai finalement la Rua S. Tomé, cherchai le numéro 23, comme d'habitude il n'y avait pas les noms sur les sonnettes, il fallait se souvenir de l'étage, c'était le sixième à gauche ou le sixième à droite? Je sonnai au hasard, une voix pâteuse me répondit, avec un léger accent africain qui ouvrait les voyelles arrondies. Je suis Slowacki, dis-je, et il répondit : ici c'est Almeida, vous pouvez monter, sixième étage à droite, il n'y a pas d'ascenseur.

Une vieille dame noire assez grosse aux cheveux clairsemés m'ouvrit. On entrait directement dans une minuscule salle à manger où se trouvait une table ronde pleine d'assiettes sales. Dans l'angle il y avait une jeune fille d'une quinzaine d'années qui repassait une montagne de linge. Ma nièce Maria Osita, dit la dame, installez-vous, mon mari arrive tout de suite. Elle me fit asseoir sur une chaise devant les assiettes sales. En face, sur la paroi vide de meubles, il y avait une affiche colorée qui reproduisait une île avec un volcan.

L'homme entra avec un air ensommeillé et des cheveux blancs en bataille. C'était un Noir d'une soixantaine d'années, il avait curieusement les yeux clairs, presque albinos, il était maigre, portait un maillot de corps et avait une bedaine ronde comme une pastèque. Soyez le bienvenu, dit-il, je suis Joaquim Francisco Tomás de Almeida, mais vous pouvez m'appeler Tom, ou plutôt Oncle Tom, si vous préférez, c'est ainsi que tout le monde m'appelle. Il fit sortir les deux femmes en leur parlant en créole, je ne compris pas bien, mais il ne les voulait de toute évidence pas dans les parages. Puis il alla vers le buffet et prit une bouteille et deux verres. Cachaça, dit-il, elle vient de mon pays. J'essayai de refuser mais ce n'était pas possible. J'en sirotai une goutte, c'était du feu. Écoutez, monsieur Almeida, dis-je, racontez-moi tout. Il me regarda de ses petits yeux clairs, se versa un autre verre et l'avala d'un trait. Tout quoi ?, demanda-t-il. Tout, dis-je. Tout n'est rien, dit-il en écartant les bras. Si tout n'est rien alors je veux savoir le tout qui n'est rien, répliquai-je, comment elle est morte, pourquoi elle a avalé des morceaux de verre, qui l'avait dénoncée, vous le savez, vous avez été son gardien à Caxias pendant une semaine, vous avez eu la possibilité de parler avec elle, vous savez tout d'Isabel.

Il but un autre verre. Tout n'est rien, répondit-il. Vous allez vous enivrer, monsieur Almeida, vous allez vous enivrer, dis-je. Il alluma un cigarillo. C'est mieux, dit-il, comme ça la peur disparaît. La peur de quoi ? dis-je, écoutez, monsieur Almeida, je viens de très loin pour savoir, parce qu'un ami à moi m'a poussé à savoir, et désormais la vérité me brûle à l'intérieur, je dois savoir la vérité avant de retourner au loin, Isabel s'est tuée parce qu'elle avait été dénoncée, et si c'est le cas comment est-elle morte ?, et quand ?, et dans quelles circonstances ?, je veux connaître la vérité, vous ne pouvez pas avoir peur de la vérité, tant de temps a passé désormais, ce pays a changé, personne ne peut vous faire aucun mal, dites-moi tout. Il regarda le plafond et susurra : tout n'est rien.

Je donnai un coup de poing sur la table qui fit valser les verres. Ça suffit, m'exclamai-je, ça suffit monsieur Almeida, ou Oncle Tom si vous préférez, je veux savoir avant tout si Isabel s'est suicidée pour des raisons personnelles ou pour des raisons politiques. Je ne connaissais pas ses raisons personnelles, répondit-il placidement, la demoiselle ne m'a jamais parlé de ses raisons personnelles. Mais bon Dieu, dis-je en essayant de me contenir, vous avez été son gardien, vous avez bien eu le temps de la regarder, vous avez pu vous rendre compte si elle attendait un enfant, bref, si elle avait le ventre gonflé, des yeux pour regarder son ventre vous les avez certainement eus ! Monsieur Almeida se toucha les sourcils. Avec ces yeux je n'ai rien vu, répondit-il séraphique. Oui, repris-je, parce que rien est tout et tout n'est rien, mais à moi on m'a dit qu'Isabel attendait un enfant, c'est un bruit qui venait de ses amis. Il but un autre verre et dit en créole : cachaça très bonne. Puis il porta une main sur son cœur et murmura : la demoiselle n'attendait aucun enfant, ça je peux en témoigner. La chose me surprend, répondis-je, encore que tout soit possible, avec

Isabel tout était possible, mais alors, monsieur Almeida, pourquoi a-t-elle avalé ces morceaux de verre ?

Sa femme entrouvrit la porte et passa la tête d'un air curieux. Monsieur Almeida lui fit un geste autoritaire sans dire un mot, et elle se retira aussitôt. Le silence tomba sur nous. Monsieur Almeida ralluma un cigarillo qui s'était éteint et dit à voix basse : c'est un grand imbroglio, cher monsieur, un grand imbroglio. J'essayai de me donner un peu de courage et bus une autre goutte de cachaça. Racontez-moi cet imbroglio, monsieur Almeida, je vous en prie, vous êtes le seul qui puisse me raconter cet imbroglio. Le vieux se leva et ferma à clef la porte qui donnait sur le corridor, il aspira une bouffée et rejeta la fumée en deux anneaux concentriques qu'il fixa attentivement comme si c'était la chose la plus importante au monde. La demoiselle n'a jamais mangé de morceaux de verre, murmura-t-il, elle n'est pas morte en prison, c'est seulement ce que tout le monde a cru, mais la vérité est différente.

Brusquement je mis ma main sur la sienne et la serrai. Si vous connaissez cette vérité, dis-je, monsieur Almeida, ou si vous préférez mon ami Oncle Tom, dites-la-moi, ça ne peut vous faire aucun mal. Monsieur Almeida alla à la fenêtre et regarda dehors. Les vitres étaient couvertes de pluie. Il tombait à présent une petite pluie toute fine. Parfois l'après-midi je me mets à la fenêtre et je regarde la rue, marmonna-t-il presque imperceptiblement, et je regarde les chiens, ce quartier est plein de chiens errants, peut-être ne le comprendrez-vous pas, cher ami, mais ces chiens me lient au Cap-Vert plus que les personnes que je connais, car au Cap-Vert aussi il y a beaucoup de chiens errants, et d'habitude ils sont jaunes, exactement comme ici à Reboleira, alors je me mets à réfléchir à ce qui lie ce village au Cap-Vert et j'en viens à croire que ce sont les chiens errants, les chiens jaunes, du reste je n'ai plus personne au Cap-Vert, toute ma famille est morte, j'ai un cousin qui est fonctionnaire d'État, mais il ne veut rien savoir d'une personne comme moi qui a été gardien dans une prison politique pendant le fascisme, il ne me salue même pas, c'est un connard, il ne peut pas imaginer ce que j'ai fait pour la démocratie de ce pays, et aussi de son pays, combien de fois ai-je mis ma vie en péril, ce crétin ne peut rien comprendre, il est fonctionnaire. Et vous, vous n'avez pas été fonctionnaire toute votre vie ?, lui objectai-je. Oui, murmura-t-il, mais comment ?, vous savez, cher monsieur, parfois les prisonniers arrivaient couverts de bleus parce que c'est la PIDE qui les avait attrapés, et ça ne plaisantait pas, après l'infirmerie ils les mettaient en cellule avec le visage violacé et les poumons gonflés par les coups de matraque, et alors c'est moi qui les soignais, l'Oncle Tom, je leur préparais du café, je leur mettais de la glace sur les blessures, et ils se confiaient à moi, puis ils me donnaient des lettres pour leurs proches que j'allais expédier à la poste centrale, bref des choses dans le genre, je les aidais, je faisais mon possible, parce que je savais ce qu'étaient en train de subir mes frères au Cap-Vert qui voulaient être libres, ils subissaient exactement les mêmes choses, et un beau soir arriva la demoiselle Isabel.

L'Oncle Tom fit une pause. Elle n'avait pas de papiers, continua-t-il, et déclara s'appeler Magda, ils la cognèrent durant l'interrogatoire, mais elle avait déjà été frappée dans la voiture de la police politique, elle avait le visage gonflé et des valises sous les yeux, qui sait pourquoi elle me donna l'impression d'être ma fille, une Capverdienne comme moi, vous trouvez étrange que je vous dise cela ?, exactement une vraie Capverdienne même si elle était blonde.

Monsieur Almeida se tut, ouvrit la fenêtre, se pencha, regarda en bas et jeta le mégot de son cigarillo. L'imbroglio a commencé ainsi, ajouta-t-il, mais pour être honnête je dois dire que j'ai aussi été payé, ou plutôt je l'ai fait surtout parce qu'on me payait, je veux dire, ce ne fut pas pour des raisons idéologiques, après tout j'avais besoin d'un peu d'argent, ma femme avait accouché de quatre enfants, et vous savez, cher monsieur, ce n'est pas avec la paye d'un gardien qu'on peut entretenir comme il se doit une famille de sept personnes, en comptant aussi ma mère. Au moins pour qu'ils ne manquent pas de nourriture, comme vous le savez le plat national est la cachupa, qui se fait avec du maïs, des haricots, du manioc, et de la viande de bœuf et de cochon, ça c'est la cachupa riche, mais nous ne mangions que de la cachupa pauvre, à savoir des céréales avec une tranche de boudin, et donc quand ils m'ont proposé cet argent je me suis dit : pourquoi ne pas offrir une belle cachupa riche à ma famille pour quelques mois ?, et c'est ainsi que j'ai accepté et me suis mis dans l'imbroglio. Monsieur Almeida, dis-je, c'est la troisième fois que vous me parlez d'un imbroglio, vous voulez bien m'expliquer ce que fut cet imbroglio ?

Monsieur Almeida revint s'asseoir et alluma un autre cigarillo. Ses mains tremblaient légèrement. Je me rendis compte qu'il était nerveux. Vous voulez un peu de cachaça ?, me demanda-t-il. Non, merci, répondis-je. Il aspira une bouffée de fumée et, en me regardant dans les yeux, comme s'il s'agissait d'un secret qui mettait en doute son honnêteté, il susurra : un imbroglio simple, un imbroglio, mais au fond tout se passa bien. Et sans me donner le temps de répliquer il continua : ça se déroula ainsi, donc, c'était en janvier, il me semble que c'était en janvier, en tout cas il faisait froid, au matin ils amenèrent en prison une étudiante qui avait été arrêtée à l'université, cette semaine-là il y avait eu beaucoup de manifestations d'étudiants et la police attrapait ce qu'elle pouvait, elle ne les fichait même pas et les flanquait directement à Caxias sans les interroger ni rien, dans l'après-midi la fille en question cassa une bouteille et mangea les morceaux de verre pour se suicider, elle était désespérée, elle était fragile, elle avait été poursuivie et humiliée, je fus avisé et reçus des ordres, je donnai l'alarme et on vint pour la suicidée, il y eut une grande confusion, parce que les autorités craignaient que ces choses ne se sachent à l'extérieur, j'ouvris la cellule de mademoiselle Isabel et lui donnai un manteau, je lui recommandai de dire qu'elle était la sœur de la suicidée, elle descendit avec la fille à côté du brancard comme si de rien n'était et dit qu'elle accompagnait sa sœur à l'hôpital de Santa Maria, et vous ne le croirez pas mais personne n'y prêta attention, ils la firent sortir tranquillement, le directeur de la prison n'était pas là, son adjoint était un imbécile avec une peur que je ne vous dis pas, mademoiselle Isabel entra dans l'ambulance avec sa soi-disant sœur, elle descendit tranquillement aux urgences et s'en alla ensuite pour son compte comme si de rien n'était, voilà, l'imbroglio s'est déroulé ainsi.

Monsieur Almeida avait le front perlé de sueur. Il m'avait fait la confession de sa vie, et espérait avec des yeux implorants que j'allais le comprendre. Et je le comprenais. Je comprenais parfaitement ce vieux Capverdien démocrate à sa façon qui était entré dans un imbroglio, comme il disait, pour manger une cachupa riche avec sa famille. Peut-être était-ce le secret de toute sa vie, et il me l'avait confié. J'eus de la tendresse pour lui, je pris un mouchoir en papier dans ma veste et le lui tendis. Il essuya sa transpiration et murmura : vous voulez en savoir plus, mon ami ?

Je le regardai et me servis un autre verre de cachaça, histoire de le mettre en confiance. Bien sûr, répondis-je, j'aimerais savoir qui vous a donné ces ordres. L'Organisation, répondit-il avec simplicité. Je suis sûr que l'Organisation avait un visage, répondis-je, qu'il y avait quelqu'un, j'aimerais savoir de qui il s'agissait. Monsieur Almeida se gratta la tête. Je dois vraiment vous le dire ?, me demanda-t-il. Si vous voulez, dis-je, pour moi ce serait fondamental, vraiment fondamental. Monsieur Almeida se gratta de nouveau la tête. Je ne sais pas si je dois vous le dire, confessa-t-il, mais désormais tellement de temps a passé, ce pays a changé, tellement de temps a passé. Alors dites-le-moi, m'énervai-je. Monsieur Almeida, d'un geste qui semblait définitif, écrasa son cigarillo dans une assiette sale. C'était monsieur Tiago, dit-il en scandant les mots. Et qui était monsieur Tiago ?, demandai-je, où puis-je le trouver ? Je ne connais pas son nom de famille, répondit monsieur Almeida, je sais qu'il avait un studio de photographie à Praça das Flores, c'était un photographe célèbre aussi à l'étranger, il avait photographié l'Alentejo et ses livres avaient été publiés en France, il avait un studio à Praça das Flores comme je vous l'ai dit. Oui, répliquai-je, mais s'il n'existe plus, si je ne le trouve plus ? C'est simple, répondit monsieur Almeida, il suffit de demander à la boucherie qui est à l'angle, le boucher le connaissait très bien et je crois qu'il saura comment le retrouver, c'est un boucher que je connais aussi, parce que je vais de temps en temps lui acheter de la viande pour une cachupa riche, mais, vous savez, ce n'est pas qu'on puisse se permettre une cachupa riche très souvent.

Je le regardai et il me regarda. Je suppose que notre conversation est terminée, dit-il. Je le suppose aussi, répondis-je, vous savez, monsieur Almeida, parfois vous parlez comme un Anglais. Je ne connais pas les Anglais, répondit-il, je suis simplement capverdien, ou du moins je l'étais, à présent je ne sais même plus ce que je suis, je vis dans ce quartier de banlieue, vous savez, j'ai toujours vécu en banlieue.

Je me levai et me dirigeai vers la porte. Monsieur Almeida me tendit la main. Je sortis sur le palier et il m'accompagna. Au revoir monsieur Almeida, lui dis-je en descendant la première marche. Au revoir, dit-il, ça m'aurait davantage plu si vous m'aviez appelé Oncle Tom, il n'y a que le facteur qui m'appelle monsieur Almeida. Considérez-moi comme votre facteur, dis-je en descendant quelques marches, mais ne vous en faites pas, je ne sonnerai pas une seconde fois. Il s'appuya à la rampe et dit à voix basse : ne croyez pas que je sois un communiste, ce serait une erreur, je l'ai fait pour la cachupa riche, mais cette jeune femme m'était sympathique.

J'arrivai sur la place circulaire et regardai autour de moi. Il n'y avait pas l'ombre d'un taxi. Quel taxi aurait pu stationner à Reboleira ? L'autobus avec lequel j'étais arrivé était encore arrêté au terminus. Sur le tableau de bord était écrit : Prochain départ 20 heures. Les portes étaient ouvertes. Je montai dedans et me résignai. Il s'agissait juste d'attendre une heure.

Cinquième cercle.
Tiago. Lisbonne. Image

Le tram s'arrêta exactement devant la pâtisserie Cister. J'en profitai pour prendre un café. Le garçon me salua comme s'il me connaissait. Peut-être le connaissais-je moi aussi, mais je ne me souvenais pas de lui. Je lui fis un sourire et un signe de la tête, lui laissai cinquante escudos de pourboire et pris la Rua da Escola Politécnica jusqu'à l'angle de la Rua Monte Olivete. C'est une rue en pente raide, couverte de petits pavés de granit, glissante, et il pleuvinait. Je redressai le col de ma veste et continuai de descendre. Je passai devant l'Institut Britannique, rose et blanc, avec sa frise de tuiles, je me souvins d'une amie qui y enseignait, elle était un peu je-m'en-foutiste, et négligée, peut-être, mais faire l'amour avec elle était une merveille, et puis elle préparait des pique-niques qui étaient du tonnerre. En ce temps-là on allait à la plage de Fonte da Telha, où il n'y avait personne, juste des pêcheurs et leurs chiens, de vieux chiens jaunes et ridés. Ça me rappela les chiens de monsieur Almeida.

La Praça das Flores était déserte. Devant un restaurant de luxe, de ceux où il faut appuyer sur une sonnette pour rentrer, s'arrêta une Mercedes dont descendirent un monsieur vêtu de bleu et une dame habillée en rose. J'espérais juste que la boucherie serait encore ouverte. Elle était encore ouverte. Dans ce quartier les magasins ferment tard. Le boucher était en train d'enrouler un gigot d'agneau dans du papier gras. J'eus l'idée de jouer le tout pour le tout et dis en espagnol : holà buenas tardes. L'homme me regarda perplexe. Certes il ne parlait pas l'espagnol mais il le comprenait à coup sûr. Il avait une grosse tête rubiconde comme il convient à un boucher, avec des veinules bleues sur le nez. Je pensai qu'il devait manger beaucoup de viande. Il reposa le gigot d'agneau dans le réfrigérateur et me demanda en quoi il pouvait m'être utile. Une information, dis-je dans mon espagnol approximatif, une simple information, je cherche monsieur Tiago. Le boucher me regarda d'un air sérieux, il prit une expression hésitante puis, en forçant son misérable espagnol, il me demanda : y quién es? Mais comment ça, dis-je en jouant le faux ingénu, vous le connaissez très bien, c'est un grand photographe, il avait un studio par ici il y a quelques années, monsieur Tiago, le photographe. Il se mit à couper de fines tranches d'un jambon minuscule et dit, méditatif, comme pour lui-même : ce jambon je me l'emporte à la maison, il vient de Chaves, vous aimez le jambon? J'en acceptai une tranche pour goûter et convins qu'il était vraiment exquis. Néanmoins peut-être un peu trop piquant, d'après moi il y avait trop de paprika, nous, en Espagne, dis-je, on fait vieillir le jambon sous la neige, je veux dire le jambon de montagne. Sous la neige ?, demanda-t-il, je n'avais jamais entendu ça, nous aussi on a de la neige en hiver, du moins dans la Serra da Estrela, là-haut dans le Nord, mais on ne met jamais le jambon sous la neige, et excusez-moi, pourquoi cherchez-vous monsieur Tiago ? J'eus une inspiration soudaine. Parce que je suis un journaliste d'*El País*, dis-je, j'ai besoin de ses photographies, nous sommes en train de réaliser un grand reportage là-bas en Espagne. Il me regarda et appuya ses coudes sur le comptoir de marbre. Je n'ai pas compris, dit-il avec flegme. *El País*, répétai-je, vous ne connaissez pas un journal qui s'appelle *El País* ?, c'est le journal le plus important de la péninsule ibérique. Le boucher me regarda avec des yeux qui à ce moment-là me parurent vraiment bovins. Je ne connais pas ce journal, répondit-il d'un ton agacé, moi avec les journaux je ne fais qu'emballer la viande.

La situation devenait difficile. Je ne savais vraiment pas quoi ajouter. Pour me sauver je demandai : vous me donnez une autre tranche de jambon ? Il me l'offrit sur une spatule et demanda pour en finir : eh bien ? Et à cet instant j'eus une autre inspiration, ces choses qui vous viennent des dieux, je goûtai ma tranche de jambon et susurrai : vous savez qui m'envoie ?, eh bien c'est monsieur Almeida, ou si vous préférez l'Oncle Tom. Et à l'écoute de ce nom le visage du boucher s'ouvrit en un large sourire. L'Oncle Tom, dit-il, ce pauvre Oncle Tom. Il s'essuya les mains sur son tablier blanc et dit : il fallait me le dire avant, monsieur Tiago a déménagé Rua Dom Pedro Quinto, juste devant le belvédère de S. Pedro de Alcântara, il y a une plaque de cuivre sur la porte, à présent il peut se le permettre, et sur la plaque est écrit Monde et Photographie.

La plaque était discrète. On pouvait y lire World & Photo. Je sonnai et la porte s'ouvrit aussitôt. L'atrium était de style manuélin, me sembla-t-il, avec des arcs de pierre au plafond et un cloître d'azulejos du XVIIIe siècle. J'avais l'impression d'être dans la maison d'un peintre que je connaissais. Mais j'étais là pour une chose importante, pas pour un dîner entre amis. Je fus reçu par une secrétaire en jupe courte sur deux jambes robustes qui me demanda ce que je voulais. Je répondis simplement que je voulais voir monsieur Tiago. Elle me demanda mon nom. Je répondis simplement : Slowacki. La secrétaire me fit patienter dans un petit salon décoré avec goût et avec des photographies aux murs que je ne me donnai pas la peine de regarder. Elle me dit que monsieur Tiago serait encore occupé pour une quinzaine de minutes par des photographies de mode. Je m'installai, allumai une cigarette et me mis à lire un magazine d'actualité.

Peut-être Tiago avait-il mon âge ou peut-être était-il plus jeune de quelques années, c'était impossible à établir. Il avait la boule à zéro, portait une veste de lin et un foulard indien autour du cou. Il était vraiment élégant et tirait sur un long fume-cigarette d'ivoire.

Bonsoir, dit-il, c'est l'agence qui vous envoie? Je répondis que non. Excusez-moi, se reprit-il, j'attendais le critique d'une agence, quelqu'un qui doit parler de mon exposition. J'éteignis ma cigarette et me levai. Non, répondis-je, je suis ici pour des raisons privées, à cause d'une personne que vous avez connue il y a de nombreuses années. Il sembla étonné mais ne se décomposa pas. Venez dans mon studio, dit-il, nous serons mieux pour parler que dans ce petit salon. Il me conduisit à travers un corridor qui débouchait sur une galerie, qui à son tour débouchait sur un grand espace au plafond très haut avec des colonnes de granit. On aurait dit le réfectoire d'un couvent et peut-être était-ce le réfectoire d'un ancien couvent. Nous descendîmes un petit escalier de fer peint en vert et il me fit prendre place sur un divan qui flanquait un autre divan, au milieu de l'espace. Tout autour il y avait des trépieds avec des appareils photographiques, des toiles de toutes les couleurs, des ombrelles blanches avec des ampoules. Les parois étaient tapissées de petites photographies en couleurs que je ne parvenais pas à distinguer.

Eh bien?, me demanda-t-il en croisant les jambes. Eh bien, dis-je, je suis ici pour Isabel. Son air devint perplexe, puis quasi ironique. Il dénoua le foulard autour de son cou et le posa sur le bras du divan. Isabel, dit-il méditatif, Isabel, mon cher monsieur, dans ma vie j'ai connu des dizaines d'Isabel, au Portugal c'est un prénom très commun, Isabel quoi, une actrice, un modèle ou quoi d'autre? Ou quoi d'autre, répondis-je. Expliquez-vous mieux, dit-il.

J'adoptai une expression de patience. Je vais bien vous expliquer afin que vous puissiez tout à fait comprendre, monsieur Tiago, dis-je, cette Isabel se faisait appeler Magda, mais c'était seulement un nom de code et je crois que vous connaissez très bien son vrai nom et le nom de code, allons-y pour Isabel dite Magda, comme une femme qui a quelque chose à voir avec toute cette histoire ou n'a rien à voir avec elle, ça ne vous dit rien ? Il perdit son air ironique et retrouva un air perplexe. Expliquez-vous mieux, dit-il. Bien, continuai-je, je vais mieux m'expliquer, il y a des années de cela, disons une trentaine d'années, Isabel dite Magda se trouvait dans la prison politique de Caxias, et vous, monsieur Tiago, vous étiez de l'Organisation, je ne sais pas s'il s'agissait du parti communiste clandestin ou d'un autre parti clandestin, étant donné que durant la dictature de Salazar tous les partis étaient clandestins, et bon, vous, monsieur Tiago, vous l'avez fait s'évader de prison à la place d'une autre, Isabel est arrivée jusqu'à l'hôpital de Santa Maria et n'a plus laissé de traces, mais vous les connaissez, vous, ces traces, vous savez quelque chose, et moi aussi je veux savoir.

Le photographe changea ses jambes de position et alluma une cigarette au bout de son long fume-cigarette d'ivoire. Il semblait gêné. Il me regarda en silence en me scrutant de la tête aux pieds puis il me demanda : vous êtes journaliste ? Je me permis un petit sourire. Je ne voulais pas sembler sarcastique, mais sa question invitait au sarcasme, de sorte que je lui dis : rien n'est plus éloigné de ce que je suis, monsieur Tiago, vous n'avez vraiment pas deviné, je vous assure, la mort est le tournant de la route, et mourir c'est seulement ne pas être vu. Et alors pourquoi, demanda-t-il d'un air encore plus perplexe, dans quel but ? Dans le but de faire des cercles concentriques, dis-je, pour arriver finalement au centre. Je ne comprends pas, dit-il. Je travaille avec des poudres colorées, répondis-je, un cercle jaune, un cercle azur, comme dans la pratique tibétaine, et petit à petit le cercle se resserre vers le centre, et moi je suis en train d'essayer d'arriver au centre. Dans quel but ?, demanda-t-il. J'allumai moi aussi une cigarette. C'est simple, répondis-je, pour arriver à la connaissance, vous qui photographiez le réel, vous savez bien ce qu'est la connaissance.

Le photographe se dirigea vers une étagère qui devait rassembler des archives. Et il fouilla dans un bac, l'inspecta longuement, revint avec des photographies et m'en tendit une. Regardez cette image, dit-il, la photographie est une chose qui nous espionne, qui peut-être nous persécute, regardez cet enfant assis sur une couverture, avec un nœud dans les cheveux, c'est moi. Il fit une petite pause. C'est moi ?, m'arrive-t-il de me demander à présent, c'est moi ?, c'est cela que j'ai été ?, cela a été le je qu'aujourd'hui j'appelle Tiago et qui vit tous les jours avec moi. Il me tendit une autre photographie. Cette fois il s'agissait d'un petit garçon et d'une fillette à une époque plus récente. Il sourit, méditatif, et dit : regardez ces deux enfants, ils chevauchent une petite bicyclette, celle de derrière embrasse l'autre et se penche pour sourire ingénument à l'objectif, j'ai fait cette photographie il y a de nombreuses années et c'étaient mes enfants ?, sont-ils encore mes enfants ?, m'arrive-t-il de me demander, ce n'est pas possible, suis-je tenté de vous répondre, et j'aimerais me documenter un peu mieux sur ce qui a été, mais qu'est-ce qui a été ? Il fit une autre petite pause et s'exclama : ah, si vous saviez comme la photographie devient difficile quand elle est étudiée par les philosophes, et pourtant je suis un photographe, me dis-je en certains moments d'orgueil, moi aussi, moi surtout, j'ai droit à mon opinion, mais je n'y réussis pas, parce que la photographie me submerge, me dépasse, et alors je pense : les photographies d'une vie sont-elles un temps segmenté en plusieurs personnes ou la même personne segmentée en différents temps ?

Je le fixai et lui souris. C'était un sourire amical, mais en même temps je sentais en moi une légère irritation, comme un prurit de l'âme. Écoutez, monsieur Tiago, lui dis-je, je comprends que vous soyez si intrigué par la photographie, c'est votre métier et vous y réfléchissez, peut-être est-il un peu tard, vous auriez dû commencer à y réfléchir avant, parce qu'une personne a le devoir de réfléchir avant de faire le choix fondamental de sa vie, mais je vous pardonne, moi aussi je me suis mis à écrire avant de réfléchir à ce qu'était vraiment l'écriture, peut-être que si je l'avais compris avant je n'aurais jamais écrit mais, bref, la question n'est pas là, venons-en au vrai problème.

Le photographe me regarda et il me sembla qu'un air

ironique apparaissait à nouveau sur son visage. Il tenait une troisième photographie glissée entre ses doigts comme une carte de poker, mais il ne me la montra pas. Il me dit seulement : laissez-moi faire un peu de philosophie de comptoir, du moins sur cette dernière photo, il me vient en tête que quelqu'un a dit que la photographie est la mort parce qu'elle fixe l'instant irrépétable. Il se passa la photographie entre les doigts, exactement comme s'il s'agissait d'une carte de jeu, et continua : mais je me demande aussi : et si c'était au contraire la vie ?, la vie avec son immanence et son côté péremptoire qui se laisse surprendre un instant et nous regarde avec sarcasme, parce qu'elle est là, fixe, immuable, tandis que nous, nous vivons dans la mutation, et alors je pense que la photographie, comme la musique, cueille l'instant que nous ne réussissons pas à cueillir, à savoir ce que nous avons été, ce que nous aurions pu être, et contre cet instant il n'y a rien à faire, parce qu'il a plus raison que nous, mais raison de quoi ?, peut-être raison du changement de ce fleuve qui s'écoule et qui nous entraîne, et de l'horloge, du temps qui nous domine et que nous cherchons à dominer. Il fit une autre de ces petites pauses, tira une bouffée de tabac et continua : la vie contre la vie, la vie dans la vie, la vie sur la vie ?, peut-être, c'est une énigme que je vous laisse, à vous qui regardez cette photographie.

Il me la tendit et attendit ma réaction. Je la regardai et vis Isabel. Elle portait un long manteau foncé qui descendait jusqu'aux pieds. Elle n'avait aucune expression sur le visage, peut-être une légère surprise. C'était le guichet d'embarquement d'un aéroport et elle tenait à côté d'elle une minuscule valise.

Le photographe se leva et m'invita à l'accompagner. Je voudrais vous faire voir mon exposition qui s'ouvre la semaine prochaine à Londres, me dit-il. Je commençai à regarder les photographies sur les murs. Toutes étaient des Polaroid qui représentaient des visages et des paysages. Il se mit un doigt sur les lèvres comme s'il devait garder un secret, mais ce n'était certainement pas ce qu'il voulait signifier, je crois. Voyez-vous, dit-il, je photographie la réalité avec mon Polaroid, c'est un appareil fantastique que j'ai acheté aux États-Unis, l'exposition s'appellera Polaroid-Reality. Il tendit le bras et indiqua certaines images. Vous voyez ?, dit-il, ça c'est le pont de Brooklyn, ça c'est un accident de la circulation à Manhattan, ça c'est une jeune Noire en overdose, ça c'est un enfant victime de la famine en Éthiopie, le reste vous pouvez le regarder tout seul. Je fis le tour de l'énorme pièce. Très intéressant, dis-je à la fin, vraiment très intéressant. Il me détailla à nouveau de la tête aux pieds comme si j'étais une statue et me dit : est-ce que je fais une photographie de vous avec mon Polaroid, vous voulez être le dernier sujet de mon exposition ? J'accepte volontiers, dis-je, appelons ça un défi, ou un duel comme c'était l'usage au XIXe siècle. Monsieur Tiago m'installa sur un tabouret, il mit derrière moi un fond fictif, une plage avec une pinède. Tenez la photographie d'Isabel bien en vue, me recommanda-t-il. Je la tins bien en vue.

Ne souriez pas, me dit-il, je déteste les sourires photographiques. Il prit son énorme Polaroid et appuya sur le bouton. L'appareil cracha la photographie et Tiago la secoua en l'air pour la faire sécher. Puis il la regarda et me la montra. On voyait un tabouret, le fond de mer au loin et la photographie d'Isabel au premier plan. Tiago regarda la photographie avec beaucoup d'attention. Vous n'apparaissez pas, dit-il, c'est comme si vous n'existiez pas. En effet, dis-je. En effet quoi?, demanda-t-il. En effet, répondis-je. Mais d'où venez-vous?, demanda-t-il. Je le regardai et lui souris. D'un lieu trop lumineux, dis-je, si lumineux que l'objectif photographique en reste parfois ébloui, quoi qu'il en soit j'emporte cette photographie avec moi. Je mis la photographie dans ma poche et demandai : et Isabel? Il me tendit la main. Isabel partit ce soir-là pour Macao, répondit-il, elle prit un avion direct pour Hong Kong, c'est Magda qui l'envoya là-bas, la vraie Magda, je crois qu'elle l'adressa à un prêtre catholique qui était peut-être à Macao ou sur l'île de Coloane, à présent je ne me souviens pas, malheureusement je n'ai pas idée de qui il s'agissait, je ne connais pas son nom, mais il est possible qu'il soit encore vivant, peut-être pouvez-vous encore resserrer d'un cercle autour de la personne que vous cherchez, je ne saurais vous en dire plus, au revoir. Il m'accompagna jusqu'au petit escalier de fer et me tendit à nouveau la main. Excusez-moi si je ne vous accompagne pas jusqu'en haut, mais vous trouverez facilement votre route, et soyez attentif à votre image, un jour ou l'autre elle restera même dans l'objectif.

Sixième cercle.
Magda. Prêtre. Macao. Communication

L'allée du jardin était déserte. Il y avait un vieux gardien chinois portant une petite casquette avec une visière en plastique où était écrit : Gruta de Camões.

Ça va fermer, dit le gardien, je vais fermer le portail. Je n'ai pas besoin de beaucoup de temps, tentai-je de dire en souriant, juste un petit tour jusqu'à la grotte de Camões. Il répondit avec logique : pourquoi visiter la grotte de Camões à cette heure ?, venez demain matin, le jardin est frais, la grotte est fraîche, demain matin vous pourrez profiter de la fraîcheur, maintenant il n'y a que les chauves-souris en train de dormir. Oui, je comprends, répondis-je, mais le hasard fait que j'ai vraiment besoin de visiter la grotte précisément ce soir, j'ai eu une inspiration. Le gardien enleva sa casquette et se gratta la tête. Je ne comprends pas, dit-il. Comment t'appelles-tu ?, lui demandai-je. Il eut un sourire timide. À l'état civil je m'appelle Manuel, répondit-il, parce que ici, à l'état civil, nous avons des noms portugais, mais mon vrai nom, le chinois, est différent. Il prononça un nom chinois et sourit à nouveau. Et que signifie ton nom en chinois?, demandai-je. Cela veut dire Lumière qui Brille sur l'Eau, répondit-il. Cela me sembla une occasion magnifique et je le pris par le bras. Écoute, Lumière qui Brille sur l'Eau, dis-je, moi aussi j'ai une lumière qui brille, et c'est cette lumière qui me pousse à entrer dans la grotte justement ce soir, tu vois là-haut? Je tendis le bras et lui indiquai une étoile qui brillait, la plus brillante du ciel. C'est de là que me vient l'inspiration, ou la suggestion, dis-je, appelle ça comme tu veux. Lui aussi tendit son bras à côté du mien et pointa un doigt. Les étoiles sont des guides, dit-il, elles guident tout, sauf que nous pauvres humains nous ne le savons pas. Tu me confortes, mon ami, continuai-je, parce que tu me comprends, tu sais, j'ai reçu un message de cette lumière qui brille, elle s'appelle Sirius. Il approcha son bras tendu du mien et me regarda d'un air interrogatif. Tu ne connais pas le ciel de Macao, me dit-il comme s'il s'excusait, je suis désolé mais tu ne le connais vraiment pas, en chinois elle a un nom, mais vous en latin vous appelez cette étoile d'un autre nom, si je prononce bien ça se dit dans ta langue Canopus, c'est l'étoile Canopus, tu as perdu ta route, mon ami, parce que sous ces latitudes ton étoile ne peut pas se voir, je connais bien le ciel, je l'ai étudié. Je l'imitai et je me grattai la tête. Bien, dis-je, au temps pour moi, et pourtant un message m'est bien arrivé, je ne saurais te dire si c'est Sirius ou Canopus qui me l'envoie, mais c'est ce soir que je dois aller dans cette grotte où le grand poète borgne célébra la chrétienté au XVIe siècle.

Il fouilla dans sa poche et sortit un trousseau de clefs. Ici ne viennent que des Chinois avec des petites cages, dit-il en suivant une logique qui m'échappait, chaque personne apporte un petit oiseau dans sa petite cage et le fait converser avec le petit oiseau du voisin, c'est ainsi qu'on fait en Chine, les petits oiseaux dialoguent entre eux, et favorisent l'amitié, de sorte que leurs patrons peuvent eux aussi établir une amitié, et parler entre eux. Il fit une pause et me regarda d'un air affligé. Mais tu n'as pas de petite cage, continua-t-il, et à présent il n'y a plus personne avec des petites cages, seuls sont restés dans le jardin deux vieux joueurs de mah-jong qui peuvent sortir par la porte secondaire, qu'est-ce que tu pourrais faire ici à cette heure à part rencontrer les chauves-souris ? J'ai besoin d'entrer dans la grotte ce soir, insistai-je, tu sais, mon ami, je pourrais te dire que ça fait partie de mon destin, celui que conduisent les étoiles, et toi aussi tu crois aux étoiles, s'il te plaît laisse-moi rester, ensuite je sortirai moi aussi par la porte secondaire, laisse-moi rester, s'il te plaît, peut-être le poète borgne du XVIe siècle pourra-t-il m'aider justement ce soir, dans ce jardin au parfum de magnolia. Le gardien me regarda d'un air qui me parut de commisération. Ce jardin ne sent pas le magnolia, répliqua-t-il, ce jardin pue la pisse, parce que tous les Chinois pissent contre les troncs d'arbres, ils sont trop paresseux pour aller aux toilettes qu'on leur a construites à côté de la fontaine, de sorte que ce jardin pue la pisse. Très bien, affirmai-je d'un air convaincu, je resterai dans ce jardin qui pue la pisse sous la lumière qui guide mon itinéraire terrestre, je ne porte pas de petits oiseaux dans de petites cages, c'est vrai, mais je suis ici pour suivre un destin jusqu'à ce qu'il me soit donné de le connaître.

Le gardien fit un pas de côté et me tendit une petite torche électrique. Je crois que ça pourra vous être utile, dit-il, vous me la laisserez à la porte secondaire quand vous vous en irez. Je me mis en chemin le long de l'allée en respirant profondément pour vérifier l'éventuelle puanteur, mais il n'y avait aucune puanteur, une brise fraîche s'était levée qui apportait l'odeur de la mer. Sous un lampadaire il y avait deux Chinois qui jouaient au mah-jong, je les saluai et ils me répondirent d'un signe de la tête. L'un d'eux était en train de construire les honneurs supérieurs avec une rangée de quatre dragons blancs, l'autre jouait sur des caractères. Je pensai que j'avais ce soir besoin aussi bien des dragons que des caractères et je cheminai vers la grotte. Arrivé à la moitié de la petite allée j'entendis siffler derrière moi et vis qu'un des deux Chinois m'appelait. Vous voulez assister à la partie ?, me demanda-t-il, nous n'avons pas de spectateurs et le mah-jong a besoin de spectateurs. Je fis signe que non de la main, poursuivis ma route, arrivai à l'entrée de la grotte et allumai la torche électrique du gardien.

J'entrai dans la grotte ainsi, simplement, comme on entre chez soi. Je pensai que je pouvais allumer une cigarette, je l'allumai et à ce moment-là j'entendis le piaillement d'une chauve-souris. Je l'encadrai dans le cône de la torche électrique, au milieu de toute cette obscurité, et la chauve-souris, en piaillant, me dit : allô, mon beau, tu es en contact ?

C'était la voix de Magda.

Allô, répondis-je, je suis en contact. D'où me parles-tu ?, demanda la chauve-souris. De Macao, répondis-je, je suis à Macao dans une grotte et toi, Magda, d'où me parles-tu ? De l'endroit habituel, répondit-elle, devine. Je n'y arrive pas, murmurai-je. C'est facile, dit-elle, plus facile que tu ne le penses, nous nous sommes connus précisément ici. Écoute Magda, dis-je, je ne suis pas disposé à jouer aux devinettes, si tu veux me le dire très bien, et sinon laisse tomber. La chauve-souris piailla : je suis à la Brasileira do Chiado, grand idiot, et je suis en train de boire un granité au café. Depuis quel temps me parles-tu ?, demandai-je. La chauve-souris eut un petit rire sonore. Mais depuis les années soixante, mon beau grand idiot, répondit la voix de Magda, depuis quelles années veux-tu que ta Magda te parle ? J'entendis un bruit de verres et de vaisselle, puis la chauve-souris piailla : et toi, à quoi dois-je le plaisir de ton contact ? À Sirius, dis-je, ou à Canopus, à présent je ne saurais te le dire avec exactitude. Mais comme tu es compliqué, dit-elle, et pourquoi es-tu à Macao ? Pour une raison que je t'expliquerai, répondis-je, mais en attendant j'aimerais entendre ta version, celle que tu as fait circuler ne me convainc pas. Ma version de quoi ?, répondit-elle d'un ton faussement ingénu. Ta version sur Isabel, répliquai-je, c'est toi qui l'as mise en circulation, toutes les dernières nouvelles que nous avons eues d'elle viennent de toi, j'aimerais entendre de vive voix la vraie version.

Je fis un tour de lumière avec la torche électrique sur les parois de la grotte. À ma droite se trouvait un buste en bronze du poète borgne. Du plafond pendaient quelques stalactites. Bien, piailla la chauve-souris, alors écoute-moi bien. Je pointai sur elle la lumière de la torche électrique, elle détacha une patte de la roche et demeura pendue par une seule patte. Je vis Magda avec netteté, elle était assise dans un fauteuil de la Brasileira, à présent elle appelait le garçon pour lui demander une autre boisson et commandait une *agua de cebada.* Le garçon avait de la peine à comprendre et Magda, avec suffisance, précisait que c'était un rafraîchissement à base d'orge, mais à Valence on appelle ça *agua de cebada*, ajouta-t-elle, c'est ainsi que les Espagnols appelaient ça, il était temps que les Portugais l'apprennent eux aussi, s'ils tenaient à être ibériques. J'allumai une autre cigarette et me préparai à l'écouter.

Isabel s'est suicidée, piailla la chauve-souris, je le sais bien, elle a avalé deux tubes de pilules, voilà ce qu'a été son dernier repas, une espèce de Véronal, je peux aussi te décrire la scène, écoute, une chambre modeste, une petite pension à Campo de Ourique, de la fenêtre on voyait la basilique d'Estrela, elle tira les rideaux, il y avait une lune très blanche, elle couvrit l'abat-jour d'un foulard bleu, la chambre devint azurée, sur le lit il y avait une couverture au crochet comme on en trouve dans les auberges de province, elle n'avait pas d'eau et sonna la cloche. Une vieille dame de service arriva. Elle était grosse et avait des moustaches prononcées. Je voudrais de l'eau, beaucoup d'eau pure, dit Isabel. Et la dame de service revint avec une bouteille d'eau de Luso. Exactement celle-là, dit Isabel en riant, elle aide à faire pipi, moi je n'aurai plus besoin de faire pipi. Ça fait du bien à tout le monde de faire pipi, répondit la dame de service avec componction, à vous aussi, mademoiselle, vous me paraissez un peu pâle, ça doit être les toxines, c'est pour ça que vous êtes pâle, vous verrez, une bouteille d'eau de Luso c'est ce qu'il faut pour éliminer les toxines et faire revenir de belles couleurs sur les joues, des couleurs comme j'en avais à votre âge, quand les douleurs de l'arthrite ne m'avaient pas encore gagnée. Et ainsi Isabel ouvrit la bouteille d'eau de Luso, avala quatre ou cinq comprimés histoire de se sentir plus tranquille, puis regarda la basilique d'Estrela qui était blanche comme une meringue, ou plutôt c'était une meringue dans le ciel de Lisbonne, si baroque et ouvragée comme une dentelle, et elle pensa : je vais peut-être dire une prière pour la Madone, une prière que je n'ai plus faite depuis tellement de temps. Parce que quand on se prépare à un long voyage on a besoin d'un viatique, et Isabel avait besoin d'un viatique, elle aurait voulu s'adresser à quelqu'un. Mais à qui, par cette nuit d'été à Lisbonne, avec la lune très blanche et la basilique comme une meringue ? À qui ? Elle le demanda au Véronal et se sentit plus calme. Puis elle s'assit à une petite table à côté du lavabo et écrivit une lettre. C'était une lettre pour moi, pour son amie Magda. Elle disait adieu et racontait cette nuit point par point, sans expliquer les raisons de son geste. Elle disait seulement, dans un post-scriptum entièrement souligné, que la lumière était azurée et qu'elle était en train de regarder la basilique d'Estrela. C'est ainsi qu'Isabel s'en est allée.

Je laissai passer quelques secondes. Tu as fini ?, demandai-je. J'ai fini, piailla la chauve-souris. Écoute Magda, dis-je, je ne sais pas pourquoi tu me racontes toutes ces conneries, d'où ça te vient ? Mais qu'est-ce qui te prend ?, répondit-elle d'un ton aigu, je sais ce qui s'est passé, c'est la pure vérité. Bien, répliquai-je, alors écoute-moi bien, je vais te la raconter la pure vérité, ouvre bien tes oreilles, tu étais dans le réseau antifasciste et tu as tout organisé, Isabel s'était trop exposée et devait entrer en clandestinité, tu l'as fait disparaître et tu as fait circuler le bruit qu'elle s'était suicidée pour des raisons sentimentales, tu as même publié une nécrologie dans le journal et tu as monté l'histoire de la messe du septième jour dans la chapelle de Cascais, sauf que juste à ce moment-là par le plus grand des hasards Isabel s'est fait prendre dans une rafle par la police politique lors d'une manifestation étudiante, elle n'avait pas de papiers et donna de fausses indications, elle déclara s'appeler Magda, ils la jetèrent directement à Caxias sans même l'interroger, de toute façon à l'époque les interrogatoires se faisaient après, mais tu connais cela mieux que moi, je ne sais pas pourquoi je suis ici à perdre mon souffle, un beau jour est arrivée dans sa cellule une fille couverte de bleus qui avala les morceaux de verre d'une bouteille, celle-là oui elle s'est vraiment suicidée, et tu as organisé l'évasion avec la complicité d'un gardien, et ce soir-là tu as fait embarquer Isabel dans un avion pour Macao, précisément ici, à Macao, où je me trouve à présent.

Quelques instants de silence suivirent. Puis la voix de Magda demanda en susurrant : comment est-il possible que tu aies débrouillé l'écheveau ? C'est simple, répondis-je, je me suis informé, j'ai fait une petite enquête. Si tu sais déjà tout pourquoi t'es-tu mis en contact avec moi ?, demanda-t-elle. Parce que je ne sais pas tout, soulignai-je. Je veux savoir qui était le prêtre de Macao chez qui tu as envoyé Isabel. Elle eut un petit rire. Et qui s'en souvient, dit-elle d'une voix de fausset. Fais un effort, l'encourageai-je. Ce garçon n'arrivera jamais, répliqua-t-elle, ça fait une demi-heure que je lui ai demandé une *agua de cebada*. Fais un effort, insistai-je, pourquoi ne dévoiles-tu pas tes cartes pour une fois dans ta vie ? La télépathie joue parfois de mauvais tours, soupira Magda, on ne sait jamais de quel coin du temps elle arrive, toi de quel coin du temps arrives-tu ? De beaucoup plus en avant que toi, répondis-je, tellement de temps a passé. Alors je ne sais pas si tu le retrouveras, dit-elle, ni s'il est encore vivant, en tout cas il s'appelle père Domingos, il dirigeait une léproserie à Coloane, c'est là que j'ai envoyé Isabel, je ne peux rien te dire de plus.

Je dis : salut, Magda. Il me sembla que la chauve-souris

me faisait un signe de la patte. J'éteignis la torche électrique et sortis de la grotte.

Du haut de la colline on voyait les lumières de Macao qui descendaient jusqu'au Vieux Port. Je fermai la porte secondaire derrière moi, laissai la torche sur la marche et descendis à pied jusqu'au centre. La place était déserte. Devant moi se trouvait la cathédrale de S. Paulo, juste la façade, le reste s'était perdu dans un incendie au XVIIIe siècle.

J'aurais voulu contourner la façade de la cathédrale, poussé par la curiosité, mais je pensai que le corps avait lui aussi ses droits, il faut satisfaire aux exigences du corps, surtout pour qui jouit d'un permis terrestre.

Je regardai autour de moi à la recherche d'un restaurant. À l'angle le plus éloigné de la place il y avait une enseigne en chinois avec en dessous une écriture au néon qui disait : Portuguese food. Je m'y rendis. Le restaurant s'appelait Lisboa antiga – Macau moderno. C'était un endroit très modeste, avec une petite vitrine où reposaient en paix les restes de tripes blanchâtres dans un plat. Au milieu de la vitrine trônait une gigantesque racine de ginseng et un petit carton écrit en portugais affirmait : *Nós pensamos na sua virilidade*, nous veillons à votre virilité. Je pensai que je trouverais peut-être quelque chose d'européen à manger. Je poussai la porte et entrai. L'endroit était désert. Il y avait une vieille Chinoise en peignoir blanc et en savates qui était accroupie sur un tabouret. Elle me salua en se levant, je m'assis à une table immonde et elle commença avec calme, beaucoup de calme, à nettoyer la table de toutes les cochonneries qui se trouvaient dessus. Manger à la cantonaise ou à l'européenne?, me demanda la vieille en portugais. Elle mastiquait quelque chose. Peut-être un morceau de pain, ou peut-être simplement son dentier. À l'européenne, répondis-je, ça dépend de ce qu'il y a. Nous avoir soupe de cresson et cabri. Puis elle me regarda mieux et fit un geste étrange qui me parut être une conjuration. Quel est ce geste, demandai-je, qu'est-ce que ça signifie? La vieille Chinoise retourna son dentier avec la langue, le remit en place et répondit : toi être âme en peine, pleine d'esprits, toi devoir aller dans forêt demander purification aux génies de forêt.

Elle disparut dans la cuisine et revint peu après avec la soupe et le cabri, tout ensemble. Le cabri était accompagné d'ananas et d'olives, ce qui me parut répugnant, mais je ne fis pas d'histoires et me mis à manger. En fin de compte ce n'était pas aussi mauvais qu'il pouvait sembler. La vieille Chinoise m'observait avec attention et avait un air impénétrable.

Pourquoi les génies des forêts?, me décidai-je à lui demander, je ne fréquente pas les forêts, je n'ai pas besoin de génies des forêts. Toi avoir besoin de quelqu'un pour nettoyer toi, dit la vieille Chinoise, toi chercher une personne, mais toi plein d'esprits, toi avoir besoin des génies des forêts, mais toi peut-être préférer prêtre catholique qui est derrière cathédrale, ce porc. Pourquoi tu l'appelles porc, demandai-je, c'est vraiment un porc? Moi pas savoir, répondit-elle, mais tous les catholiques être porcs, surtout les prêtres. Mais j'ai besoin d'une information, ajoutai-je, et tes génies des forêts ne pourront pas me la donner, je n'ai pas de contact avec eux, peut-être le prêtre catholique pourra-t-il me la donner.

La vieille Chinoise mastiqua son dentier et cracha par terre. Moi pas comprendre, dit-elle. Une information, précisai-je, une information sur une personne, comme tu l'as dit je suis à la recherche d'une personne. La vieille Chinoise parut irritée, je me sentis fautif. Il me semblait intolérable qu'une vieille Chinoise au dentier déglingué fût irritée contre moi, et cela me fit me sentir fautif. Toi venir d'où ?, demanda la vieille Chinoise. Du Grand Chien, répondis-je. Elle réfléchit un instant puis répliqua : bien, peut-être bien. Puis elle continua, mais pourquoi toi chercher prêtre catholique ? Je finis la dernière tranche d'ananas et m'essuyai la bouche avec la serviette. Parce que moi avoir besoin de prêtre catholique, dis-je, vieille Chinoise crétine, seulement prêtre catholique pouvoir donner à moi l'information dont moi avoir besoin. Désormais je parlais comme elle. Je me sentais vraiment irrité.

La vieille Chinoise remporta le plat et alla jusqu'à la cuisine en traînant les pieds. Quand elle revint elle avait une bouteille de liqueur à la mandarine, elle m'en versa un verre et dit : toi boire, pauvre, pauvre diable. Exactement ça, répliquai-je, tu as dit le mot juste, vieille Chinoise, moi pauvre diable, mais alors tu sais ce qu'est le diable. La vieille Chinoise retourna son dentier pour la énième fois et mit une main sur son cœur. Moi moitié chrétienne et moitié animiste, toi chrétien seulement, toi avoir besoin prêtre catholique qui est sur la place, toi aller dehors, va, va. Tu sais comment s'appelle ce prêtre ?, demandai-je. Lui faire confession et prendre l'air sur la place, répondit la vieille Chinoise. Oui, insistai-je, mais son nom, quel est son nom ? À lui pas plaire animistes comme moi, continua-t-elle en suivant sa logique, et lui pas plaire à moi. Et que fait ce prêtre ?, demandai-je. Lui d'abord soigner lépreux à Coloane, répondit la vieille, mais maintenant plus de lépreux, lui rester sans travail et prendre le frais sur chaise sur la place.

Je bus un verre de la douceâtre liqueur à la mandarine, payai et sortis sur la place.

Je fis le tour de la façade de la cathédrale et vis le prêtre. Il était sur une chaise à prendre le frais. Je m'approchai et lui dis bonsoir. Il m'offrit la petite chaise sur laquelle il posait ses pieds et m'invita à m'asseoir.

C'était un vieux prêtre corpulent aux traits vaguement orientaux, à coup sûr un croisement entre portugais et chinois. Mais son teint était plutôt olivâtre, me parut-il, ou peut-être était-ce à cause de l'illumination jaunâtre des phares au néon qui éclairaient la façade de la cathédrale depuis l'autre côté et arrivaient reflétés en rayons violets. Il tenait sa tunique légèrement relevée sur les jambes croisées, mais ne portait pas de pantalon, de sorte qu'il mettait en évidence de robustes mollets glabres.

Mon fils, me demanda-t-il, tu viens te confesser ? Je m'assis et répondis : peut-être est-il un peu tard, cela me semble désormais un peu tard. Il avait un énorme cigare et dit : pour la confession il n'est jamais tard. Mais j'ai déjà accompli tout ce que je devais accomplir, répliquai-je, et j'ai mon petit coin dans l'univers. Il aspira une grande bouffée de tabac et me la souffla au visage. Il se gratta les mollets avec soin et me dit : l'univers est grand mais tu es ici, dans ce coin du monde, dans ce petit coin du monde, et il n'est jamais tard, homme fait de boue. J'ai perdu toute ma boue, me justifiai-je, je suis devenu pure lumière. Il se gratta à nouveau un peu les mollets. Explique-toi mieux, marmonna-t-il. Considérez-moi comme un pulsar, dis-je, je ne sais pas si je me fais comprendre. C'est un génie de la forêt ?, me demanda le prêtre, peut-être es-tu animiste ? Non, répondis-je, disons que ce dont je suis en train de vous parler émet des radiations sur toutes les longueurs d'onde lumineuse à impulsions rapides et fréquentes, vous savez, mon père, c'est une histoire de neutrons. Tout cela pue l'animisme, répondit le prêtre, en fin de compte tu veux ou tu ne veux pas te confesser ?

La situation devenait difficile. Mais j'étais désormais habitué aux situations difficiles. Je le regardai mieux et tout à coup il me parut plus jeune qu'il n'était, parce que la lumière reflétée de la place lui donnait une peau lisse et sans rides. Tu es catholique ? Je suis tout ce que vous voulez, j'ai été baptisé par des parents chrétiens apostoliques romains quand j'avais une semaine. Le prêtre tira une autre bouffée de son énorme cigare, cette fois il m'épargna et la souffla en l'air. Il parut réfléchir. Il réfléchit longuement, se gratta et me demanda : depuis quand ne t'es-tu plus confessé, mon fils? Depuis toujours, répondis-je, depuis toujours. Il prit un air méditatif. Tu veux dire que tu ne t'es jamais confessé de ta vie?, demanda-t-il. Exactement, confirmai-je, je ne suis jamais de ma vie allé me confesser. Puis j'ajoutai : mais je pourrais me confesser ce soir, vu que demain c'est mon anniversaire. Demain c'est l'équinoxe d'automne, dit le prêtre, ce n'est pas favorable, il y a de la folie ce jour-là, les marées enflent. Excusez-moi, demandai-je, vous êtes ici pour faire le prêtre ou pour faire le chiromancien?, pardon, maintenant que j'ai accepté de me confesser laissez-moi faire et qu'on en finisse. Confesse ton péché, mon fils, dit-il, et il se gratta les mollets. Écoutez mon père, dis-je, vous devriez arrêter de vous gratter, ça dérange ma concentration et aussi ma contrition. Tu dois dire que tu te repens de tout ton cœur, m'enjoignit le prêtre. Je me repens de tout mon cœur, susurrai-je. Répète, dit-il, je n'ai pas bien entendu. Je me repens de tout mon cœur, répétai-je à voix basse. Le prêtre rabaissa sa tunique. Confesse tes péchés, me dit-il. Eh bien, continuai-je, ce serait une longue histoire et je vais vous la résumer parce que ça me plaît de résumer par cette nuit de Macao à la veille de l'équinoxe d'automne, le résumé est le suivant : moi aussi j'ai fait enfler les marées, tel est mon péché. Ça me semble un peu vague, mon fils, répliqua-t-il, il faut t'expliquer mieux. J'ai écrit des livres, dis-je à voix basse, tel est mon péché. C'étaient des livres indécents ?, demanda le prêtre. Pas du tout, répondis-je, il n'y avait rien d'indécent, c'était juste une sorte d'arrogance sur la réalité. Le prêtre tira une autre bouffée de son cigare. Excusez-moi mon père, lui dis-je, vous pourriez arrêter de souffler votre fumée sur mon visage ?, ça me fait perdre la concentration. Il recracha la fumée en l'air et dit : l'arrogance, d'après les préceptes de Mère l'Église, est l'orgueil, tu as péché par orgueil, mais il faut t'expliquer mieux. Voyez-vous, dis-je, à un certain point je me suis mis en tête que les histoires qui sortaient de ma fantaisie pouvaient se répéter dans la réalité, et pendant ce temps j'écrivais des histoires méchantes, voilà le mot, et puis, à ma grande surprise, la méchanceté se répéta vraiment dans la réalité, bref j'ai guidé les événements, tel est mon orgueil. Et puis ?, demanda le prêtre. Et puis quoi ?, demandai-je à mon tour. Tous les autres péchés que tu as commis dans ta vie, dit-il, qui sait quels autres péchés tu as commis dans ta vie. Beaucoup, répondis-je, mais ceux-là n'ont pas d'importance, ils appartiennent aux petites misères des hommes, je n'en ai rien à faire, laissons-les tomber. Ici on ne distribue pas les absolutions comme la soupe aux pauvres, dit le prêtre, d'abord on se confesse et ensuite on a l'absolution, telle est la règle.

Je le regardai et il me vint cette sorte d'indisposition que je ressentais dans l'estomac depuis que j'étais arrivé de là-haut. Pour me tranquilliser je pensai que c'était peut-être le cabri à l'ananas de la vieille Chinoise. Mon père, écoutez, dis-je, tant pis si vous ne me donnez pas l'absolution, de toute façon je n'en ai rien à foutre, mais j'aimerais savoir une chose, vous avez soigné les lépreux à Coloane, il y a longtemps de ça ? Il me regarda avec une expression stupéfaite. Coloane, dit-il, bien sûr, Coloane, c'était le bon temps, il y avait tellement de lépreux, à l'époque. Il soupira avec nostalgie. Il y avait tellement de lépreux en ce temps-là, continua-t-il, et à présent plus rien, ils se portent tous bien à Macao, ils sont tous devenus des hommes d'affaires, mais à l'époque ils arrivaient à la clinique avec les mains violacées, parfois il leur manquait deux ou trois doigts, et ils se fiaient à nous, et pour se faire soigner, pour rester à la clinique, ils se faisaient volontiers baptiser, ils abandonnaient aussi l'animisme, c'était le bon temps. Il soupira à nouveau et continua : à présent il n'y a même plus de pêcheurs à Macao, ils achètent le poisson à Hong Kong.

Je lui demandai un cigare et il me l'offrit. Je l'allumai et dis : écoutez mon père, est-ce que vous connaissez le père Domingos ? Il soupira à nouveau et murmura : le père Domingos était un saint. Je lui demandai préoccupé : pourquoi était, il n'est plus là ? Il est mort il y a six ans, répondit le prêtre, c'était un véritable saint. Parlez-moi de lui, s'il vous plaît, dis-je. Eh bien, fit le prêtre en écrasant finalement son cigare par terre, le père Domingos s'appelait en réalité Domenico, il venait d'Italie, de la Sicile, il avait d'abord vécu en Chine et avait résisté avec difficulté à la révolution communiste, puis il était arrivé à Macao au moment de la guerre, il me semble, à l'époque j'étais un tout jeune homme, et il avait fondé une clinique pour lépreux à Coloane, je suis allé lui donner un coup de main dans les années cinquante, à l'époque je n'étais pas encore prêtre mais j'étais sur le point d'entrer dans les ordres. Et puis ?, demandai-je. Et puis nous avons passé de nombreuses années ensemble, répondit-il, nous avions une centaine de patients, mais lui s'occupait de cas différents, il aidait tout le monde. Tout le monde ?, demandai-je, même Isabel ? Il parut réfléchir un instant. Je n'ai jamais connu d'Isabel, répondit-il. Magda, ajoutai-je, peut-être s'appelait-elle Magda. En fin de compte, mon fils, demanda-t-il impatient, elle s'appelait Isabel ou Magda ? Je tirai de ma poche la photographie faite par Tiago où l'on voyait Isabel, le prêtre craqua une allumette pour voir et en profita pour allumer un autre cigare. Il regarda la photographie pendant quelques secondes et il me dit avec assurance : je ne la connais pas, je ne connais pas cette personne. Réfléchissez bien, ajoutai-je, elle s'appelait Isabel mais peut-être se faisait-elle appeler Magda, elle venait du Portugal, c'était une exilée politique. Le prêtre craqua une autre allumette et regarda à nouveau la photographie. Désolé, dit-il, je ne la connais pas, je ne l'ai jamais vue. Puis il continua : c'est le père Domingos qui s'occupait tout seul de ces choses-là, ce n'était pas de ma compétence, mais toi, mon fils, pourquoi la cherches-tu, dans quel but après tant d'années ?

Je tirai une longue bouffée de mon cigare et cherchai à ne pas lui souffler la fumée sur le visage comme il le faisait. Je dis : cher père, ce serait très long de vous expliquer toute cette histoire, je vous ai dit de me considérer comme un pulsar, mais je suis aussi un récepteur, parce que je viens d'un lieu où règne la splendeur, et je ne peux pas laisser toute cette zone de ma vie dans l'obscurité. Splendeur dans quel sens?, demanda le prêtre. Splendeur, simplement, répondis-je. Quand j'étudiais au séminaire on m'a parlé du Zohar, dit le prêtre, peut-être te réfères-tu à cela? Interprétez ça comme vous voulez, répondis-je, mais j'ai besoin d'avoir des nouvelles d'Isabel, ou de Magda, si elle se faisait appeler ainsi. Le prêtre s'excusa et se gratta légèrement les mollets. Sois compréhensif, mon fils, dit-il, je ne sais pas si c'est un vice ou un érythème ennuyeux, en tout cas écoute, je ne suis pas animiste mais j'ai connu beaucoup d'animistes, et là tu vas me faire dire des choses que je ne devrais pas dire, mais si j'étais à ta place je demanderais à un animiste, je n'aime pas personnellement les animistes, avec tous leurs esprits, moi je crois qu'il n'y a qu'un seul esprit, peut-être trinitaire, c'est ce que j'ai appris au séminaire, mais eux ils ont des esprits pour tout, pour une fleur, pour un arbre, pour les personnes, pour une image, et si tu leur fais voir ta photo, ils pourront te dire quelque chose. Oui, dis-je, mais à qui puis-je m'adresser? Dans les temps des temps, ici, il y avait un poète, répondit le prêtre, peut-être était-il animiste ou peut-être non, en tout cas il était en contact avec les ombres, dommage que tu ne l'aies pas connu, d'après moi il était fou, mais surtout il fumait de l'opium, il parlait bien quand il avait fumé de l'opium, comme je t'ai dit c'était un poète, peut-être aurait-il pu te donner une indication sur la personne que tu cherches parce que lui aussi croyait comme toi qu'il provenait du dehors du temps. Et qui était cette personne ?, demandai-je. Une espèce de squelette, répondit le prêtre, il portait une longue barbe et était toujours habillé de blanc et parfois, quand il partait en vrille, il sortait dans la rue enveloppé dans un drap. Et comment s'appelait-il ?, demandai-je. Je ne sais pas quel pouvait être son vrai nom, dit le prêtre, mais tout le monde l'appelait le Fantôme qui Marche, je crois qu'il habitait sur l'Avenida da Boa Vista.

Je me levai et pris congé. Je dis : merci mon père, cette conversation avec vous m'a été très utile. La place était surréelle, avec cette fausse façade et les lumières au néon. Je pensai à l'époque où j'aimais les avant-gardes historiques et où j'imitais le surréalisme. En ce temps-là je ne savais vraiment rien.

J'étais déjà loin quand j'entendis la voix du prêtre rebondir au milieu de la place déserte. Mon fils, dit-il, je veux te dire que je t'absous. Merci mon père, balbutiai-je pour moi-même. Et je me mis en chemin.

Septième cercle.
Fantôme qui Marche. Macao. Temporalité

C'était une matinée suffocante, avec le soleil rendu pâle par l'humidité. Cela annonçait des trombes de pluie tropicale. Le long du Vieux Port il y avait une file de calèches. Je montai dans la première. Le voiturier était un Chinois aux moustaches pendantes avec un petit chapeau de côté. Il portait une redingote crasseuse et transpirait. Il me regarda avec soupçon, peut-être parce que je portais une chemise blanche tombant sur les hanches et des sandales de cuir. Il me dit quelque chose que je ne compris pas, ça devait être en cantonais.

Écoute, l'ami, lui dis-je en portugais, emmène-moi chez le poète qui s'habille en blanc, il habite à Boa Vista. Moi pas le connaître, répondit-il en un portugais laborieux. Je m'assis sur le siège et précisai : le poète avec la longue barbe. Moi pas connaître, répondit-il d'un air désolé. Il habite sur le bord de mer de Boa Vista, répétai-je, c'est un poète, un monsieur qui s'habille toujours en blanc. Moi pas le connaître, dit-il d'un air encore plus désolé. Écoute, vieux Chinois, dis-je en scandant les mots, tout le monde connaît ce poète à Macao, vous n'êtes pas si nombreux, on pourrait vous compter sur les doigts d'une main, c'est un Européen barbu qui vit avec une femme chinoise, il est toujours habillé de blanc, les Chinois l'appellent le Fantôme qui Marche. Ah, répondit-il avec un grand sourire, le Fantôme qui Marche, bien sûr, Avenida da Boa Vista, nous en cantonais on l'appelle d'une autre façon mais je suis sûr que c'est lui, je sais où vous conduire, vous pouvez avoir confiance.

C'était un cottage de bois sur l'Avenida du front de mer. Sur le portique il y avait une natte de jonc. Trois marches conduisaient à la porte fermée par une persienne. Je frappai. Personne ne répondit et je frappai une nouvelle fois. J'attendis avec calme et espoir. Après quelques minutes la porte s'entrouvrit sur une Chinoise d'une trentaine d'années. Elle était belle et agile, elle portait une chemise bleue brodée qui descendait à mi-jambe, elle avait les cheveux recueillis en chignon et des yeux bistre. Bonjour, dis-je, je voudrais voir monsieur le poète, je lui ai envoyé un petit mot pour m'annoncer, j'espère qu'il pourra me recevoir. Vous êtes qui ?, me demanda la Chinoise. Je m'appelle Slowacki, dis-je, mais vous pouvez annoncer Waclaw, moi aussi je m'y connais en poésie. La Chinoise ouvrit la persienne et me fit entrer. Je me trouvai dans un séjour décoré de meubles de bambou, le sol était en bois, les parois tapissées de cannes. Monsieur le poète est en train de se reposer, dit la Chinoise, il a pris de l'opium. Bon, dis-je, alors je voudrais parler avec sa femme. La Chinoise me fit m'installer sur un divan. Je suis sa femme, dit-elle, mais je ne suis pas sa femme, je suis sa concubine, je m'appelle Ngan-Yen, ce qui pour vous signifie Aigle d'Argent, puis-je vous servir une liqueur à la mandarine ? J'acceptai la liqueur à la mandarine. Aigle d'Argent était svelte et silencieuse. Elle m'offrit cette liqueur que je connaissais déjà, dense et douceâtre, puis elle tapa dans ses mains. Apparut alors un serviteur chinois qui portait une sorte de combinaison et des chaussures en étoffe. Fais du vent au monsieur, lui ordonna Aigle d'Argent, il a chaud. Le serviteur chinois se mit à actionner un soufflet qui faisait bouger un grand éventail de lin pendu au plafond. Un peu d'air arriva et je me sentis mieux. Madame Ngan-Yen, dis-je, je vais devoir attendre longtemps ? Elle fit un signe que je ne déchiffrai pas. Je vais le réveiller, dit-elle, monsieur le poète mon mari doit avoir épuisé le temps de l'opium, quand j'ouvrirai la porte vous pourrez entrer dans sa chambre.

La Chinoise ouvrit la porte, une persienne de bambou, j'entrai timidement et vis un homme étendu sur le lit et couvert d'un drap blanc. Il avait une longue barbe sombre, un visage émacié et gardait les yeux à moitié fermés.

À quoi dois-je le plaisir de cette visite ?, susurra-t-il. Je ne le sais pas moi-même, balbutiai-je, on m'a dit que dans le rêve que nous traversons tous les deux vous alliez peut-être pouvoir me donner des indications sur une personne que malheureusement vous ne connaissez pas, parce qu'elle est née bien des années après vous, mais vous, avec vos intuitions astrales, vous pourrez peut-être me dire où la trouver. Il émit un faible soupir et tapa dans ses mains, le serviteur chinois accourut et le poète lui fit un signe. Le serviteur se mit à actionner les pédales d'un dispositif avec une toile qui servait de ventilateur. Mais d'où venez-vous ?, me demanda le poète. Je le regardai, on aurait dit le Christ mort. Il avait un visage creusé et des orbites profondes. D'une infinité de temps, répondis-je, une infinité de temps qui nous dépasse tous les deux, vous qui vivez dans cette heure-ci et moi qui ai vécu dans mon alors, vous qui écrivez des vers et moi qui en ai écrit, pas beaux comme les vôtres, soyons clairs, plus modestes, sans toutes ces tragédies personnelles que vous avez mises dans votre poésie. Je n'ai pas mis dans ces vers ma tragédie personnelle, marmonna-t-il, c'est l'histoire de ma génération, c'est une époque transformée en poésie. Bien sûr, dis-je, mais vous n'avez jamais assumé vos responsabilités, parce que vous vivez au bout du monde, vous envoyez vos messages poétiques à l'Europe depuis cette province reculée, pourquoi vous faites ça ?

Le poète se leva. Il était nu, squelettique. Il se couvrit d'un drap comme s'il était un sénateur romain et s'exclama : qui a sali, qui a arraché mes draps de lin où je voulais mourir, mes chastes draps ? Il enroula le drap autour de lui jusqu'au cou, avança vers le milieu de la pièce et continua : ce petit jardin qui était le mien, qui en a arraché les grands tournesols, qui les a jetés dans la rue ?

Je le regardai. On aurait dit un épouvantail. Il me vint en tête une photographie impressionnante de la Seconde Guerre mondiale et je lui dis : Maître, vous me faites penser à un rescapé, à un prisonnier, c'est une chose qui ne vous dit peut-être rien, mais peu importe. Je ne sais pas de quoi vous me parlez, répondit-il, je ne sais rien de rien, ni du passé ni du futur, ma poésie parle de l'immanence éternelle. Il agita une petite cloche et sa concubine entra. Fais-nous apporter deux pipes, dit-il, nous en avons besoin. Et maintenant, continua-t-il, dites-moi ce que vous voulez de moi, mais auparavant réfléchissez bien, et dégustez l'opium.

Le serviteur entra avec deux pipes. Il alluma les fourneaux, contrôla l'eau, plaça la potion. Je commençai à déguster cette potion avec la peur que les sens ne viennent à me manquer. Je dis : je cherche Isabel, peut-être savez-vous où je puis obtenir des nouvelles d'Isabel, je suis en train de faire des cercles concentriques, comme les cercles concentriques qui en ce moment se resserrent autour de mon cerveau. Le Fantôme qui Marche tira une longue bouffée de sa pipe. Isabel, dit-il, peut-être y a-t-il une Isabel dans ma poésie, ou dans mes pensées, ce qui revient au même, mais si elle est dans ma poésie et dans mes pensées c'est une ombre qui appartient à la littérature, pourquoi voulez-vous chercher une ombre qui appartient à la littérature ? Peut-être pour la rendre réelle, répondis-je faiblement, pour donner un sens à sa vie et à mon repos.

Il se leva de sa couche, mit de nouveau le drap sur ses

épaules, tira une autre bouffée d'opium et dit : écoute, ami de l'âme, nous avons traversé le temps, la poésie fait cela et bien d'autres choses encore, et l'opium aussi, je peux seulement inventer des vers, des vers sur les montagnes par exemple, que je n'ai jamais connues, mais comme ça m'aurait plu de les connaître au temps de Coimbra, c'est à sa façon une indication, mais ensuite il vous incombera de trouver le lieu et les personnes, si vous êtes en train de faire des cercles concentriques ces cercles dépendent de votre créativité et de votre imagination, les vers que j'ai dans le cœur je ne les ai jamais écrits et peut-être ne les écrirai-je jamais, mais si vous voulez je peux les inventer à cet instant.

Il se tut et respira profondément. Puis il ferma les yeux et sembla s'endormir. Quelques minutes passèrent et je me sentais très embarrassé. Je me levai, toussotai, puis je retournai m'asseoir. Maître, dis-je à voix basse, Maître écoutez-moi. Il ne donnait pas signe de vie. Il gardait les yeux fermés et sa maigre poitrine ne se soulevait plus, comme s'il ne respirait pas. Maître, implorai-je, les vers.

Et alors il se leva à l'improviste dans sa nudité squelettique, mit le drap sur ses épaules, bondit au milieu de la pièce et avec des yeux possédés, comme si la mort le visitait, il déclama ces quelques mots : quand les meurtrières du château fort en ruine se dresseront-elles encore et y aura-t-il des cris et des étendards dans la froide brise matutinale ?

Il fit une petite pause et continua à voix basse : tu dois juste trouver ce château. Comme dans les contes de fées, commentai-je, pardon Maître, mais les montagnes sont pleines de châteaux. Il regardait devant lui en fixant le vide. Tu dois chercher dans la patrie de Guillaume Tell, murmura-t-il. Et il se tut à nouveau. Il me sembla que la situation était arrivée à son terme. Ses yeux sortaient des orbites, il fixait quelque chose devant lui avec une expression terrible. J'aurais voulu lui demander autre chose, mais je n'osai pas et gardai le silence. Alors le Fantôme qui Marche dit avec une voix qui semblait sortir de la tombe : tu trouveras là un homme qui n'attend pas ta visite, c'est un grand saint et il vient d'Inde, je ne réussis pas à lire son nom, mais tu pourras le deviner si tu fouilles dans les souvenirs de ta vie, le château est un lieu de méditation, il est dédié à un écrivain allemand qui a beaucoup aimé mon Orient.

Il ouvrit à nouveau le drap en montrant ses côtes d'une maigreur impressionnante, s'appuya sur une commode chinoise et dit : je mourrai demain matin à l'aube, vous êtes arrivé juste à temps, monsieur Waclaw.

Il agita la petite cloche d'argent et sa concubine apparut aussitôt. Ngan-Yen, chuchota-t-il, raccompagne ce monsieur à la porte. Il s'étendit sur la couche et rentra dans son délire. Je suivis la Chinoise jusqu'à la porte, elle ferma soigneusement les nattes derrière elle, me fit une révérence, marmonna des paroles incompréhensibles en cantonais puis dit en portugais : bon voyage. Merci, répondis-je.

Le voiturier m'attendait devant la porte. Je montai et lui dis de me conduire au Vieux Port.

Huitième cercle.
Lise. Xavier. Alpes suisses. Dilatation

Bonsoir, dis-je, je m'appelle Slowacki. Bonsoir, dit la dame, mon nom est Lise, asseyez-vous donc à ma table, la salle est déserte et pour moi non plus ce n'est pas agréable de dîner seule.

Je m'assis. La salle était vaste et peu illuminée. Au fond, sur un guéridon, il y avait une sorte de brasero d'où sortait une faible flamme. La paroi centrale était occupée par un agrandissement photographique d'un portrait de Hermann Hesse avec un impeccable panama. Un haut-parleur invisible diffusait en sourdine une musique exotique, mais il m'était impossible de la déchiffrer.

Quelle est cette musique?, demandai-je. La difficulté de la musique indienne, répondit-elle, réside surtout dans l'harmonie, pour nous Occidentaux, elle a deux éléments de base, le tala et le raga, ça c'est une musique du Nord qui est utilisée pour les danses traditionnelles du Manipur, une musique rituelle. Je vois que vous connaissez bien l'Inde, répliquai-je, moi je ne connais rien à ce sujet, je ne connais pas la culture indienne, mais il me semble étrange de trouver l'Inde ici, dans les Alpes suisses. Vous vous habituerez, ajouta Lise, ce n'est pas si étrange qu'il y paraît, vous verrez que le haut-parleur va bientôt se mettre à diffuser une musique du Kerala, un rythme kathakali, c'est ainsi tous les soirs, ils mettent toujours la même bande, désormais je la connais par cœur. Vous êtes ici depuis longtemps ?, demandai-je. Presque un mois, répondit-elle. Ça me semble beaucoup, ajoutai-je, du moins pour moi ce serait trop, j'ai l'impression d'être dans une ambiance monastique, vous savez, je n'ai jamais aimé les monastères, avec toutes leurs règles, par exemple dîner aussi tôt me semble insupportable. Les règles servent quand on a perdu les limites, répondit-elle, et puis il y a aussi une raison pratique, le soir on fait la méditation avec le Lama, et quand ça se termine il est bon de se retirer dans sa propre chambre pour continuer la méditation en privé. Que voulez-vous dire par quand on a perdu les limites ?, demandai-je, je ne comprends pas. Vous comprendrez si nous continuons de parler, dit Lise, mais en attendant il serait bon de choisir notre repas. J'ouvris le menu et l'étudiai. Il y avait des plats qui m'étaient absolument inconnus, je regardai ma convive et dis : excusez-moi, Lise, mais ce soir je voudrais faire de vous mon guide, je ne connais pas ces plats. Elle sourit à nouveau. Elle avait un sourire étrange et absent, comme d'une personne qui serait là et en même temps éloignée. Ce sont des plats indiens, dit-elle, vous pouvez me faire confiance, je connais bien l'Inde, ses rites et aussi sa nourriture. Alors conseillez-moi, dis-je. Elle se mit à lire le menu. Ce soir nous avons une cuisine très variée, dit-elle, une cuisine de toute l'Inde, il n'y a que l'embarras du choix. Alors choisissez, dis-je. Elle me regarda et sourit encore. Son sourire me perturbait, je ne réussissais pas à le déchiffrer. Bien, dit-elle, pour commencer je vous conseille un thali, un plat végétarien léger typique de l'Inde du Sud, ce sont des légumes cuits dans le curry, avec des papadums, vous savez des galettes de farine de lentilles très légères et frites, et un peu de riz épicé, ça me semble parfait pour commencer. Elle sembla indécise et parcourut le menu avec son index à la recherche d'un autre plat. Pour la suite, continua-t-elle, je vous conseillerais le gushtaba, c'est mon plat préféré, ils le font dans le Cachemire. Illustrez-le-moi, demandai-je. C'est simple, dit Lise, il s'agit d'un plat simple, des petites boules de viande aromatisées, habituellement de la viande d'agneau, et les boulettes sont cuites dans une sauce au yogourt, c'est une recette traditionnelle, on en mange dans tout le nord de l'Inde. Je l'approuvai et elle appela la serveuse. C'était une jeune fille à la peau olivâtre qui était vêtue d'un sari violet.

La musique changea. On entendait à présent un étrange instrument à cordes et un bruit de tambourins, et en arrière-fond il y avait une litanie vocale qui me parut être une cantilène. Qu'est-ce que ça veut dire perdre les limites ?, lui demandai-je, excusez-moi, Lise, j'aimerais bien comprendre. Elle sourit d'un sourire lointain. Cela signifie que l'univers n'a pas de limites, répondit-elle, voilà ce que ça veut dire, et c'est pour ça que je suis ici, parce que moi aussi j'ai perdu les limites. Elle but une tasse du thé que la serveuse avait apporté. J'en bus moi aussi. C'était un thé vert très parfumé avec un arôme de jasmin. Eh bien ?, demandai-je. Elle me regarda avec un sourire vague et me demanda : vous savez combien d'étoiles il y a dans notre galaxie ? Je n'en ai pas idée, dis-je, et vous, vous le savez ? Environ quatre cents milliards, répondit Lise. Mais dans l'univers connu de nous il y a des centaines de milliards de galaxies, l'univers n'a pas de limites. Excusez-moi Lise, dis-je, comment savez-vous toutes ces choses ? Elle regarda dans le vide et répondit : je suis astrophysicienne, ou du moins je l'étais.

Le haut-parleur se mit à diffuser en sourdine une musique de fifres. C'étaient des notes aiguës et presque insupportables, mais parfois déchirantes. Je regardai le portrait de Hermann Hesse et il me parut que lui aussi souriait d'un sourire lointain.

Lise alluma une petite cigarette indienne, de celles très parfumées faites d'une seule feuille de tabac. Il y a de nombreuses années de cela j'avais un fils, dit-elle comme si elle ne parlait pas avec moi mais avec le vide qu'elle semblait avoir devant elle, et la vie me l'a emporté. Je me tus et pris à mon tour une de ses cigarettes, je notai qu'elles s'appelaient Ganesh, sur le paquet se trouvait une divinité en forme d'éléphant. J'attendis qu'elle continue. Je l'avais appelé Pierre, reprit-elle, et la nature avait été ingrate avec lui, elle ne l'avait pas doté de certaines facultés, mais il avait une forme d'intelligence à lui, il fallait simplement comprendre cette forme d'intelligence, et moi, je la comprenais. Elle fit une pause et dit : je l'aimais comme on peut aimer un fils, savez-vous comment on peut aimer un fils ? Malheureusement je n'ai jamais eu d'enfants, répondis-je, mais peut-être pourrez-vous me le dire. Plus que soi-même, dit Lise, beaucoup plus que soi-même, voilà comment on peut aimer ses enfants. Elle posa sa tasse de thé. Que diriez-vous d'une coupe de champagne ?, proposa-t-elle, ce soir ça m'irait vraiment bien de boire une coupe de champagne en attendant les thali.

Je fis un signe à la serveuse qui accourut aussitôt. Quelqu'un avait augmenté la flamme du brasero qui envoyait des lueurs rougeâtres sur le portrait de Hermann Hesse. À travers les baies vitrées on voyait les pics enneigés, la musique indienne était à présent une sorte de cri étouffé, comme une invocation.

Cette musique me fait penser à une lamentation, observai-je. Les hindous savent bien ce qu'est la lamentation, dit-elle, et ils le reflètent dans leur art, au fond je suis en train de faire une lamentation ou une invocation, mais nos paramètres occidentaux font que je m'exprime avec les paroles des hommes. Nous levâmes nos verres en une espèce de toast. Continuez, Lise, dis-je. Il avait une propre forme d'intelligence, continua-t-elle, et je l'avais étudiée et l'avais comprise, par exemple, nous avions trouvé un code, un de ces codes que les écoles pour les enfants tels que mon Pierre n'enseignent pas, mais qu'une mère peut inventer avec son propre fils, par exemple, taper sur un verre avec une cuiller, je ne sais pas si je me fais comprendre, taper avec une cuiller sur un verre. Expliquez-vous mieux, je vous en prie, dis-je. Bon, continua Lise, il est nécessaire d'étudier la fréquence et l'intensité du message, et je m'y entendais en fréquences et en intensité, cela faisait partie de mon métier consistant à étudier les étoiles à l'Observatoire astronomique de Paris, mais ce n'est pas tellement ça qui me guida, c'est plutôt que j'étais sa mère, et qu'on aime un fils plus que soi-même. Je comprends, dis-je, et alors ? Notre code fonctionnait parfaitement, continua-t-elle, nous avions étudié une langue que les humains ne connaissent pas, il savait comment me dire maman je t'aime, je savais comment lui répondre Pierre tu es toute ma vie, et aussi des choses plus simples, plus quotidiennes, ce dont il avait besoin, s'il se sentait heureux ou malheureux, parce que je dois vous dire que ces personnes avec qui la vie a été ingrate savent comme nous ce que sont le bonheur et le malheur, la tristesse, la mélancolie, la joie, tout ce que nous éprouvons, nous superbes et misérables êtres qui nous croyons normaux. Elle finit de boire son champagne, nous commençâmes de manger, et elle continua : je ne sais pas pourquoi je vous raconte tout ça à vous dont je ne me rappelle même pas le nom. Slowacki, répétai-je, je m'appelle Slowacki. Bien, monsieur Slowacki, dit Lise, un jour la vie m'enleva mon fils, car en plus d'être ingrate la vie est aussi malveillante. Elle regarda de nouveau dans le vide, comme si elle n'avait personne devant elle. Vous, qu'auriez-vous fait ?, me demanda-t-elle. Je ne sais pas, répondis-je, il est très difficile de répondre à une question comme celle-là, alors vous, qu'avez-vous fait ? Lise émit un petit soupir. Pendant la journée j'errais dans Paris, répondit-elle, je regardais les vitrines, les personnes habillées qui marchaient, les gens assis sur les bancs des parcs publics, je passais devant le Café de Flore et regardais les personnes autour des petites tables qui se parlaient et je me demandais pourquoi il y avait sur la planète Terre une vie organisée d'une façon que je ne comprenais pas, je ne sais pas si je réussis à bien m'expliquer, tout me semblait un théâtre de marionnettes, et je passais mes nuits à l'Observatoire, mais ces télescopes étaient désormais insuffisants pour moi, j'avais besoin d'observer les grands espaces interstellaires, j'étais là sur la Terre, j'étais un minuscule petit point qui voulait étudier les limites de l'univers, voilà ce que je voulais, c'était l'unique chose qui pouvait me donner un peu de paix, qu'est-ce que vous auriez fait à ma place ? Je ne sais pas, répondis-je, ce soir vous me posez des questions difficiles, Lise, qu'est-ce que vous avez fait ? Bah, dit-elle, j'ai découvert qu'au Chili, dans les Andes, se trouve l'observatoire le plus haut du monde, un des plus équipés, au demeurant, mais surtout le plus haut, et je voulais aller le plus haut possible, je voulais me détacher de cette misérable croûte terrestre où la vie est méchante, je voulais être le plus près possible de la voûte céleste, j'ai donc envoyé mon curriculum, ils m'ont répondu qu'ils avaient besoin d'une astrophysicienne comme moi, et je suis partie, j'ai quitté la

France, j'ai tout quitté, n'emportant avec moi qu'un petit sac à dos plein de livres et un manteau doublé en fourrure et je suis arrivée ainsi à l'observatoire le plus haut du monde. Elle s'interrompit. La conférence du Lama, dit-elle. Continuez, s'il vous plaît, la priai-je. Elle continua. Je demandai à pouvoir travailler au radiotélescope, susurra-t-elle, je voulais étudier les nébuleuses extragalactiques, vous savez ce qu'est la nébuleuse d'Andromède ? Vous allez me le dire, répondis-je. Eh bien, continua Lise, la nébuleuse d'Andromède est un système à spirale semblable à la Voie lactée, elle est toutefois inclinée de telle façon que les bras de la spirale ne sont pas parfaitement visibles, jusqu'aux premières années du XXe siècle on n'était pas certains qu'elle se trouvait en dehors de la Voie lactée, le problème fut résolu au télescope par Hubble qui étudia la constellation du Triangle en 1923, ce sont les limites de notre système et je voulais aller vers les limites de l'univers.

Elle se tut. La musique s'était interrompue. Dans la salle il y avait un silence irréel comme si nous étions hors du temps. Je compris que Lise voulait continuer et je l'encourageai, mais je ne voulais pas parler, comme pour ne pas rompre l'enchantement. Je lui fis juste un petit signe d'assentiment et elle dit : j'étais au radiotélescope à la recherche d'émissions radiogalactiques avec des signaux modulés provenant d'éventuelles créatures intelligentes, et à mon tour j'envoyais des messages modulés, ah, vous ne pouvez pas imaginer ce que ça fait d'être sur une des montagnes les plus hautes du monde, tandis qu'il n'y a à l'extérieur que neige et tempête, et d'envoyer des messages vers la nébuleuse d'Andromède. Peut-être puis-je l'imaginer, répondis-je, même si je n'ai pas votre expérience. Nous étions trois à cet endroit, continua Lise, moi, un astronome japonais et un physicien chilien, et puis il y avait deux personnes de service qui veillaient à nos besoins, et une nuit de tempête de neige, avec la glace qui s'incrustait sur les vitres de la coupole de l'observatoire, une idée me vint, c'était une idée absurde, je ne sais pas pourquoi je vous la raconte. Racontez-la-moi Lise, dis-je, ça me plairait que vous me la racontiez. C'était une idée vraiment folle, dit-elle, j'envoyai des messages modulés et je cherchai une modulation que j'avais dans le cœur, je choisis un code qui m'était cher, je le traduisis dans la modulation mathématique et je l'envoyai. Elle sourit de son sourire absent et répéta : c'était une folie. Je vous en prie, Lise, continuez. Bon, dit-elle, voici l'histoire, je ne sais pas si vous vous en rendez compte, mais pour envoyer un message en direction de la nébuleuse d'Andromède en comptant les années-lumière, il faut cent ans de notre calendrier, bref un siècle, et pour avoir une éventuelle réponse il faut une autre centaine d'années, un autre siècle, peut-être l'éventuelle réponse au message bizarre que j'avais envoyé allait-elle être recueillie par un astronome du futur qui ne me connaîtrait pas et qui ne saurait rien de moi. Elle s'arrêta un instant, me regarda cette fois fixement dans les yeux et dit : c'est absurde, vous allez peut-être penser que je suis folle. Je ne le pense pas du tout, Lise, la rassurai-je, je crois que tout peut arriver dans l'univers, continuez. C'était une nuit de tempête de neige, continua-t-elle, les cristaux de glace se condensaient sur la vitre, j'étais là, immobile, devant le radiotélescope, comme quelqu'un qui a commis une absurdité, et à ce moment-là arriva le message d'Andromède, c'était un message modulé, je le passai au déchiffreur et le reconnus immédiatement, la même fréquence, la même intensité, en termes mathématiques c'était un message que j'avais entendu pendant quinze ans de ma vie. Elle s'interrompit et me demanda : je vous parais folle ? Vous ne me paraissez pas folle du tout, répondis-je, c'est l'univers qui est fou. Eh bien, continua-t-elle, j'eus la crainte que mes compagnons ne me considèrent comme folle, je ne pouvais pas leur révéler la chose en termes rationnels, je ne leur fis pas même voir le message, d'ailleurs comment pouvais-je le justifier ?, peu de jours après j'abandonnai l'observatoire, j'errai à travers le monde et arrivai en Inde, où je restai longtemps et où je découvris dans un texte sacré que les points cardinaux peuvent être infinis ou inexistants comme dans un cercle, c'est une phrase qui me perturba parce que si vous enlevez à un astronome les points cardinaux qu'est-ce qui lui reste ?, je me mis ainsi à étudier la philosophie indienne et une théorie soutenant que l'homme qui s'est perdu a besoin de symboliser l'univers avec une forme d'art intégrative, bref il a besoin de ses points cardinaux, c'est pour ça que je suis ici, on ne peut pas croire qu'on va pouvoir arriver aux limites de l'univers, car l'univers n'a pas de limites.

Elle s'interrompit et sourit d'un sourire fatigué. Et vous, me demanda-t-elle, pourquoi êtes-vous ici ? J'essaie d'arriver à un centre, répondis-je, j'ai parcouru beaucoup de cercles concentriques et j'ai besoin d'une indication, c'est pour cela que je suis venu jusqu'ici. Vous croyez aux cercles concentriques ?, me demanda Lise. Je ne sais pas, dis-je, c'est une pratique comme une autre, peut-être est-ce aussi une forme d'art intégratif, mais je ne suis pas un adepte. Et alors qu'êtes-vous ?, me demanda-t-elle. Considérez-moi comme quelqu'un qui cherche, répondis-je, vous savez, l'important c'est de chercher. Je suis d'accord, confirma-t-elle, l'important c'est de chercher, peu importe qu'on trouve ou qu'on ne trouve pas.

La salle de conférences, comme l'indiquait le panneau en anglais, était au deuxième étage. Une petite dame orientale enroulée dans un sari me reçut en haut de l'escalier, avec une liste à la main. Elle joignit les mains en signe de salutation, inclina la tête et demanda : comment vous appelez-vous, monsieur ? Slowacki, répondis-je. Elle consulta la liste et fit une petite croix avec son stylo. Installez-vous, dit-elle.

C'était une vaste salle peu illuminée, avec un parquet clair. Les parois étaient nues, blanchies à la chaux. Je vis Lise assise par terre vêtue d'un drap orange. Au fond de la salle se trouvait un siège en bois où allait vraisemblablement s'asseoir le Lama. Je fis le tour de la salle et déposai le billet sur le tabouret. Je signai Tadeus et précisai : chambre numéro 23. Puis je retournai dans ma chambre.

C'est étrange que vous surgissiez comme ça du néant, me dit-il.

Il me fit m'installer dans un petit fauteuil devant la fenêtre et s'assit sur un siège ouvragé à côté de l'écritoire.

Je portais à nouveau mes vêtements occidentaux, mais j'étais encore pieds nus. Vous aussi vous surgissez du néant, cher monsieur Xavier, dis-je. Je ne m'appelle plus Xavier, répondit-il, c'est un nom que j'ai laissé au monde. Oui, continuai-je, mais vous surgissez vraiment du néant, j'avais entendu dire que vous vous étiez perdu en Inde, c'est ce que m'avait indiqué une personne il y a quelques années de cela, et voilà qu'au contraire vous êtes ici dans les Alpes suisses à jouer les saints. Je vous demande de respecter mes croyances, dit-il. Bien sûr, dis-je, mais je crois que votre religion vous enseigne aussi le respect pour les autres croyances, et moi aussi à ma façon j'ai mes convictions, si je ne peux les appeler croyances, disons que j'ai un engagement avec moi-même. Mais vous êtes qui ?, demanda-t-il en me fixant. Celui qui est indiqué sur le billet, répondis-je, je suis Tadeus. Je ne vous connais pas, répliqua-t-il. Mais vous connaissiez Isabel, dis-je, c'est pour cela que vous me recevez dans votre appartement, le nom d'Isabel a éveillé votre curiosité. Isabel appartient au passé, répondit-il. C'est possible, dis-je, mais je suis ici pour reconstruire ce passé, je suis en train de faire un mandala. Pardon ?, dit-il.

Exactement ça, confirmai-je, vous vous y connaissez certainement en mandala, disons que le mien est une espèce de mandala, à sa manière, mais les cercles se resserrent, je les ai dessinés, ou mieux, je les ai parcourus un à un, et il en ressort une étrange figure, savez-vous, mais je suis en train de me rapprocher du centre. Qui vous a dit que j'étais ici ?, me demanda-t-il. C'est un poète qui me l'a dit, répondis-je, ou plutôt le fantôme d'un poète. Vous parlez de manière chiffrée, me répondit Xavier. Vous aussi, dis-je, vous aussi vous me semblez fuyant, comme si vous aviez peur de vous confesser. Je n'ai rien à confesser, affirma-t-il. Puis il continua : du reste je ne vois pas pourquoi je devrais vous raconter, à vous que je ne connais pas, la vie d'une personne que j'ai connue quand je fréquentais le monde. Tout simplement parce que Isabel vous a parlé de moi, repris-je. Il se tut et regarda les montagnes. Vous seriez prêt à jurer qu'Isabel ne vous a jamais parlé de moi ?, le pressai-je. Je ne jure pas devant les inconnus, répondit-il, et au demeurant ma religion m'interdit de jurer. Il y avait dans ses yeux une lumière étrange qui me parut fuyante, comme une sorte d'omerta, comme s'il voulait se soustraire à un devoir ou à un souvenir. J'aurais voulu l'appeler monsieur le Lama, mais je n'osai pas user de mon habituelle arrogance. Je lui dis : écoutez, Xavier, vous pouvez me donner de ses nouvelles, d'une certaine façon vous savez quelque chose sur Isabel, ou vous l'avez su, aidez-moi à arriver jusqu'à mon centre. Il prit une feuille sur l'écritoire et commença à dessiner avec des crayons de couleur. Je l'observai en silence. Je le laissai faire. Il mit au moins un quart d'heure. Puis il me tendit la feuille. C'était un double cercle dans lequel était écrit : « Parthénope : je vague distraitement abandonné. » Tout autour était dessinée la lune dans ses différentes phases et au centre se trouvait une lune avec un grand visage tout rond comme dans les dessins ingénus, elle était de couleur vermillon. Je demandai : Parthénope, qu'est-ce que ça veut dire ? Il me regarda d'un air qui me parut ironique. À présent Parthénope me garde, glissa-t-il, comme dit l'épitaphe. Je dis : Parthénope c'est Naples, c'est en Italie, qu'est-ce qu'Isabel faisait en Italie, excusez-moi monsieur le Lama, mais ça me semble incongru.

Il remit en place le drap coloré qui lui couvrait les épaules. Il me sourit d'un sourire ineffable et susurra : nous avions des liens avec Naples. Oui, répliquai-je, mais qui dois-je chercher, à qui dois-je m'adresser ? Il regarda dehors par la fenêtre. La nuit tombait. Il me sembla entendre mugir une vache et tout me parut absurde. Les mandalas doivent être interprétés, dit-il d'un air savant, sans quoi il serait trop facile de chercher le centre, regardez bien au centre, il y a une lune que je vous ai dessinée, interprétez-la à votre gré, j'espère que la sensibilité vous guidera, et rappelez-vous une chose, la phrase que j'ai écrite est un mot d'ordre, ou du moins à l'époque c'était un mot d'ordre, vous aussi vous vaguez distraitement abandonné, et à présent vous voudrez bien m'excuser, ma méditation m'attend.

Il ouvrit la porte et je sortis dans le corridor sans même avoir le temps de le saluer.

Neuvième cercle.
Isabel. Station balnéaire de la Riviera.
Réalisation. Retour

La petite station balnéaire était déserte, à cette heure-là. Je sortis dans l'espace qui lui faisait front. C'était un jardinet avec deux palmiers et deux bancs, délimité par une haie de pittosporums qui dégageait un puissant parfum. Derrière la haie on devinait la mer. Le sol était parsemé de sable et de galets marins. C'était vraiment une petite station balnéaire de la Riviera telle que je l'avais toujours imaginée. Je vis passer un train à toute vitesse. Il se dirigeait vers la France, il n'y avait pas de doute, et la France était derrière les lumières du golfe. Je pensai à ce que j'allais faire. Peut-être devais-je parcourir la petite descente et chercher la rue Oberdan ? Les lampions du jardin étaient allumés. Je m'assis sur un banc en bois, précisément sous un palmier, et regardai en l'air. Il y avait une lune dans son dernier quart, qui était blanche comme le lait. Je cherchai dans un autre coin du ciel, et vis une étoile qui m'était chère. J'allongeai les jambes, appuyai ma tête sur le dossier et restai là à fixer le ciel.

La musique arriva du fond de la petite descente bordée par les pittosporums. Je la reconnus, c'était une mélodie de Beethoven intitulée *Les Adieux, L'Absence, Le Retour.*

Je vis s'avancer un étrange individu. Il portait un frac froissé, un haut-de-forme blanc, et il tenait un violon à l'épaule. Il était pieds nus. Arrivé devant moi il enleva poliment son chapeau. Bonsoir, dit-il, et bienvenue dans cette petite station de la Riviera où vous rêviez peut-être d'arriver un jour. Il me demanda l'autorisation de s'asseoir à côté de moi. Vous m'excuserez, dit-il, mais il est inutile que vous cherchiez la rue Oberdan, elle ne s'appelle plus ainsi, son nom est désormais rue des Travailleurs-de-la-Mer. Je le regardai d'un air interrogatif et il soupira. Et l'imprimerie que vous cherchez aussi, dit-il, elle est désormais fermée, elle a cessé ses activités il y a des années, à présent c'est une pâtisserie élégante qui a pris sa place, elle s'appelle Bignè. Je cherche l'Imprimerie Sociale, dis-je, voilà ce que je cherche. Il sourit et soupira encore. Justement, répondit-il, l'Imprimerie Sociale, la glorieuse Imprimerie Sociale, a été détruite il y a des années par une bombe, les responsables n'ont jamais été trouvés, il y eut des indices, des enquêtes, et même l'ombre d'un procès, et ainsi, après que les machines eurent sauté en l'air, et après qu'on eut laissé passer beaucoup de temps avec toutes ces pièces éventrées, quelqu'un a acheté l'endroit et y a installé une pâtisserie où l'on peut manger de délicieux gâteaux. Excusez-moi, demandai-je, qu'est-ce que l'Imprimerie Sociale imprimait exactement? Il soupira de nouveau. C'était une imprimerie anarchiste, répondit-il, elle imprimait les derniers opuscules des anarchistes, les quelques rares qui avaient survécu, des petits livres à bas prix, et les discours de Pietro Gori, l'histoire des anarchistes italiens, mais aussi, soupira-t-il encore, parfois des invitations de mariage, vous savez, il faut bien survivre et le vieux Tu-me-gaves devait lui aussi survivre. Et qui était ce monsieur Tu-me-gaves ?, demandai-je. Le dernier survivant de l'Imprimerie Sociale, répondit l'homme au violon, il a sauté en l'air en même temps que les machines. L'homme au violon soupira de nouveau. Excusez-moi, dit-il, mais il m'est difficile de reprendre mon souffle, la montée est très raide, et en plus, vous comprenez, jouer du violon. Je le regardai avec curiosité. Il remuait les pieds dans le sable du jardin avec volupté, et avait posé son instrument sur le banc entre lui et moi. Je suis stupéfait que vous connaissiez tout cela, dis-je, je vous assure que je suis absolument stupéfait. Oh, dit-il, je vous en prie, je connais tout votre parcours, je vous suis depuis que vous êtes arrivé, ou plutôt, c'est moi qui d'une certaine façon ai dirigé toute la partition, vous pouvez me considérer comme votre chef d'orchestre. Il sortit un mégot et l'alluma. Vous en voulez un vous aussi ?, me demanda-t-il. Je lui dis non, puis j'ajoutai : je serais curieux d'apprendre de votre bouche ce parcours qui est le mien et que vous dites connaître si bien. Il sourit, regarda le ciel et répondit : je vais refaire le parcours de votre dernière étape, laissons tomber les autres, la dernière, ou plutôt l'avant-dernière, parce que la dernière c'est celle-ci.

Il tira une bouffée de son mégot et dit : donc, vous êtes arrivé à Naples, et vous êtes tombé dans le folklore le plus grossier, allons, on n'attendait pas ça de votre flair, parce que vous avez fait la preuve que vous étiez un bon enquêteur, mais arriver au restaurant Luna Rossa conduit par une petite Concetta pour rencontrer un Masaniello qui jouait de l'orgue de Barbarie dans un restaurant de Mergellina, franchement, vous pouviez atteindre votre but d'une façon qui soit un peu moins lieu commun, quoi qu'il en soit je dois reconnaître que vous avez réussi, Masaniello possédait quelques informations, parce que vous savez, un mot d'ordre à Naples c'est la vox populi, et vous erriez distraitement abandonné donc, avec les différentes informations de Masaniello vous avez réussi à arriver dans le Vesuviano, à la Communauté Red Moon, mon pauvre, vous aviez des indications vagues, et vous avez malgré tout réussi à arriver à votre Luna Rossa.

Il écrasa son mégot dans le sable et me demanda : vous voulez que je continue? Continuez, répondis-je, ça m'intéresse. Bien, continua-t-il, après avoir trouvé deux ou trois secrétaires idiotes, vous êtes finalement tombé sur un vieil homme à tout faire qui avait été secrétaire bien des années auparavant, c'était un petit homme maigre avec des lunettes, allez savoir pourquoi ils le gardaient là, vu que la Communauté était devenue si puissante qu'elle recevait désormais des subventions de l'État, peut-être parce qu'ils le traitaient comme une sorte de résidu de guerre, il se souvenait pourtant d'Isabel, et la reconnut sur la photographie que vous lui avez montrée, il vous a parlé d'elle, du temps où elle s'était arrêtée à la Red Moon, mais il ne vous a rien dit de sa vie, peut-être aussi parce qu'il ne la connaissait pas, mais il vous a donné cette adresse, cette petite station de la Riviera, et il vous a dit de chercher dans la rue Oberdan, à l'Imprimerie Sociale, parce que c'était le dernier endroit qu'Isabel avait eu pour adresse. Il fit une pause et me regarda. Pourquoi parlez-vous au passé révolu ?, lui demandai-je. Il sourit et regarda le ciel. Passé révolu, dit-il, passé proche, présent, futur, excusez-moi mais je ne connais pas les temps, je ne connais pas le temps, pour moi tout cela est égal. Moi aussi je le regardai. Il remuait les pieds dans le sable. Mais qui êtes-vous ?, lui demandai-je. Je suis le Violoneux Fou, me répondit-il, c'est moi qui dirige les cercles concentriques, ou si vous préférez vos étapes, moi aussi j'ai été envoyé. Puis il prit son archet et dessina un petit cercle dans le sable. Nous sommes arrivés au centre, me glissa-t-il, donnez-moi la photographie d'Isabel. Je la lui tendis et il la plaça au centre du cercle. Puis il se leva, posa son violon sur son épaule et commença de jouer en sourdine la mélodie de la sonate *Les Adieux* de Beethoven.

Et c'est à ce moment que je vis Isabel. Elle était en train de parcourir la petite montée flanquée de pittosporums, elle portait un habit de soie bleue que je lui avais vu une fois devant la mairie et un petit chapeau avec une voilette blanche. Elle me tendit la main et je la serrai, elle souleva la voilette et je lui donnai un baiser sur la joue. Salut, dit Isabel, comme tu le vois j'existe encore. Je lui demandai de s'asseoir avec moi sur le banc. Elle me tendit les mains et dit : viens, c'est moi qui veux te guider, ce soir. Elle me prit par le bras, comme autrefois. Nous descendîmes ensemble la petite rue qui s'appelait Travailleurs-de-la-Mer. Le parfum des pittosporums était enivrant. En bas on voyait les lumières du golfe. Où me conduis-tu, Isabel ?, lui demandai-je. Elle approcha sa bouche de mon oreille et murmura : attends un peu, ne sois pas impatient. Nous continuâmes de descendre.

Sur le petit port il n'y avait personne, les barques gondolaient tranquillement sur l'eau. Au fond du petit port se trouvait un ponton, auquel était amarré un vaporetto aux lumières allumées. Isabel me conduisit au ponton.

Je montai en premier, puis lui offris mon bras pour l'aider. Le vaporetto était absolument désert. Isabel m'invita à m'asseoir sur le pont, sur un des transats de toile bleu et blanc. Ici nous serons bien, dit Isabel, nous pourrons regarder le ciel nocturne. Elle mit un foulard blanc autour de son cou, fit un léger geste en direction d'une étoile et le vaporetto comme par enchantement, sans faire aucun bruit, se détacha du ponton et se mit à naviguer rapidement vers les lumières lointaines du golfe. Et à ce moment précis il me sembla reconnaître ce golfe et ses lumières, et je lui demandai avec une certaine angoisse : Isabel, où sommes-nous ? Nous sommes dans notre autrefois, répondit Isabel. Je la pris par la main et lui dis : explique-toi mieux, s'il te plaît. Le vaporetto a traversé la cinquième paroi, répondit Isabel, nous sommes dans notre autrefois, tu vois, là ce sont les lumières du Portinho da Arrábida, nous sommes partis de Setúbal, c'est le vaporetto qui nous emmène de Setúbal au Portinho da Arrábida, nous sommes dans la nuit au cours de laquelle nous nous dîmes adieu, sur le vaporetto de cette nuit-là, tu te souviens ?, nous sommes dans notre autrefois. Mais on ne peut pas être en même temps dans le présent et dans l'autrefois, répondis-je, Isabel, ce n'est pas possible, là nous sommes dans notre présent. Le présent et l'autrefois se sont annulés, répondit Isabel, tu es en train de me dire adieu comme à l'époque, mais nous sommes dans notre présent, le présent de chacun de nous, et tu es en train de me dire adieu. Eh bien, dis-je, si je dois te dire adieu dans cet autrefois je veux savoir ce qu'a été ta vie.

Les lumières d'Arrábida se rapprochaient. Le vaporetto fit tuu-tuu en sifflant. C'était le seul bruit qu'on entendait dans cette nuit chaude. Isabel me sourit, et me serra une main. Son foulard blanc flottait dans la brise nocturne. Dans quel but te raconter ma vie ?, me dit-elle, tu sais déjà tout, tu as construit tes cercles avec sagacité, et tu sais tout de moi, ma vie a été exactement cela, j'ai fui vers le néant, je m'en suis tirée, à présent tu m'as retrouvée dans ton dernier cercle, mais sache que ton centre est mon néant où je me trouve à présent, j'ai voulu disparaître dans le néant, et j'y suis parvenue, et tu me retrouves à présent dans ce néant avec ton dessin astral, mais comprends bien une chose, ce n'est pas toi qui m'as retrouvée, non, c'est moi qui t'ai retrouvé, tu croyais avoir accompli une recherche pour moi, mais ta recherche était uniquement pour toi-même. Qu'est-ce que tu veux dire, Isabel ?, demandai-je. Elle serra très fort ma main. Je veux dire que tu voulais te libérer de tes remords, ce n'est pas tant moi que tu cherchais mais toi-même, pour te donner une absolution, une absolution et une réponse, et cette réponse c'est moi qui te la donne ce soir, la nuit où nous nous dîmes adieu sur un vaporetto qui allait de Setúbal à Arrábida, tu es absous de tes fautes, tu n'as aucune faute, Tadeus, il n'y a aucun petit bâtard de toi dans le monde, tu peux aller en paix, ton mandala est achevé. Oui, dis-je, mais où es-tu, dans ton présent ? Vois-tu, dit-elle, si tu parcourais la petite route en pente de la station de la Riviera où tu es arrivé, tu trouverais à mi-chemin un minuscule cimetière, et dans l'allée centrale, parmi les tombes les plus pauvres, il y a une tombe dépouillée, dont personne ne prend soin, avec des fleurs en fer forgé et une plaque, sur la plaque est gravée une épitaphe sans date et sans photographie, ci-gît Isabel dite Magda, arrivée de loin et désireuse de paix. C'est là que tu reposes ?, lui demandai-je. Non, dit-elle, il s'agit là d'un cénotaphe, juste le souvenir de ce qui fut, deux simples prénoms, l'essence d'une vie, moi je suis dans le néant, et tu ne dois pas avoir de remords, je le répète, repose en paix dans ta constellation, pour ma part je poursuis mon chemin dans mon néant.

Le vaporetto accosta au ponton d'Arrábida. Le golfe

était chargé de nuages, quelques gouttes de pluie commencèrent à tomber. Isabel sortit de son sac un imperméable très léger et l'enfila. C'est exactement comme la nuit où nous nous dîmes adieu, dit-elle, tu te souviens ? Il se mit à pleuvoir. Attends Isabel, dis-je, tu ne peux pas me dire adieu une autre fois. Isabel se leva et me donna un baiser. Adieu, Tadeus, dit-elle, là c'est la dernière fois, nous ne nous verrons assurément plus, adieu. Elle s'éloigna comme je l'avais vue s'éloigner cette nuit-là, traversa le court ponton, descendit devant un restaurant qui avait une pâle lumière de néon, en s'éloignant elle enleva son écharpe blanche de son cou et l'agita en signe d'ultime salut. Moi aussi je la saluai, timidement, en faisant un au revoir de la main que je tenais cachée entre mes jambes.

J'ouvris les yeux. Le violoniste se tenait debout devant moi, dans le jardin de la petite station la lune s'était couchée. Il tenait son violon à l'épaule et fixait le cercle dessiné dans le sable devant ses pieds nus. Il est temps de rentrer, dit-il, la recherche est terminée. Il s'accroupit et souffla sur le sable. Le cercle s'annula. Pourquoi faites-vous cela ?, demandai-je. Parce que la recherche est terminée, et il faut le souffle du vent pour reconduire le tout au néant sapientiel, dit-il. Je pris la photographie d'Isabel et la mis dans ma poche. Celle-là je l'emporte avec moi, dis-je. Faites donc, dit-il, c'est votre droit, de tout il reste une petite chose, parfois une image. Il installa le violon sur son épaule et commença à jouer en sourdine, avec un accent très mélodique, *Les Adieux, L'Absence, Le Retour*. Je levai les yeux vers la voûte céleste et vis une étoile que je reconnus. Je me mis en chemin. Et à ce moment précis je vis Isabel. Elle agitait une écharpe blanche et me disait adieu.

NOTE SUR *POUR ISABEL*

En 1991, Antonio Tabucchi publie *Requiem*, sous-titré « Une hallucination », où le personnage d'Isabel joue un rôle à la fois central (tout le roman est construit autour de sa rencontre avec le narrateur) et absent (rien n'est dit au lecteur de cette rencontre, selon une ellipse vertigineuse). Cette même Isabel qui figurait déjà dans bien des récits antérieurs, mais qui n'apparaîtra plus jamais dans la prose de Tabucchi.

Voici en quelque sorte le pendant de *Requiem*, ou son envers, dans un roman entièrement construit autour d'Isabel. Disons, la version émergée de l'iceberg. Antonio Tabucchi écrivit ce livre sur plusieurs années, comme à son habitude, dans des cahiers dispersés, avant de le dicter, plus tard, en 1996. Voici ce qu'il en disait dans un entretien paru en juin 1994 dans la revue *Leggere* : « Depuis quelques années j'écris un roman que j'espère pouvoir bientôt conclure. Le personnage principal sera justement Isabel, la même femme qui dans *Requiem* n'apparaît pas, ou plutôt qui est seulement esquissée et qui à un certain moment apparaît, mais comme une sorte de Convive de pierre. Dans ce roman, ce n'est pas Isabel qui parlera d'elle, ce sont les autres qui le feront. Beaucoup des personnages de mes livres précédents seront appelés à témoigner sur Isabel, il y aura Tadeus, Magda, et même le Xavier de *Nocturne indien*, le personnage recherché mais jamais trouvé, qui fournira un important témoignage. Ce sera un tour, ou plusieurs tours, autour de la figure de cette femme qui a eu une vie difficile et obscure, une vie sur laquelle existent des versions différentes et en même temps toutes étonnamment dignes de foi. Ce sera un roman qui tentera de faire la lumière sur l'existence d'une femme fuyante et très mystérieuse. »

Pour Isabel est donc la pierre angulaire de l'œuvre d'Antonio Tabucchi, un texte où le personnage d'Isabel se déploie en versions successives. Ce livre fondamental, l'auteur avait décidé de ne pas le publier de son vivant (même s'il n'a jamais voulu donner trop d'emphase à ce geste) : il ne pouvait exister qu'à titre posthume, comme un message qu'une étoile continue de nous envoyer bien après sa mort, par radiation lumineuse.

BERNARD COMMENT

Composition : In Folio
Achevé d'imprimer
sur Timson
par Normandie Roto Impression s.a.s.
61250 Lonrai, en septembre 2014
Dépôt légal : septembre 2014
Numéro d'imprimeur : 1403570
ISBN 978-2-07-014714-4 Imprimé en France

271934

ANTONIO TABUCCHI

Pour Isabel

Un mandala

« Mais vous êtes qui ?, demanda-t-il en me fixant. Celui qui est indiqué sur le billet, répondis-je, je suis Tadeus. Je ne vous connais pas, répliqua-t-il. Mais vous connaissiez Isabel, dis-je, c'est pour cela que vous me recevez dans votre appartement, le nom d'Isabel a éveillé votre curiosité. Isabel appartient au passé, répondit-il. C'est possible, dis-je, mais je suis ici pour reconstruire ce passé, je suis en train de faire un mandala. »

Antonio Tabucchi avait achevé la rédaction de *Pour Isabel* en 1996. Il l'avait conçu comme un mandala : chaque chapitre dessine un cercle dans lequel le protagoniste Tadeus rencontre un nouveau personnage ayant connu Isabel. Cette dernière a mystérieusement disparu depuis des années, et son ami Tadeus cherche à retrouver sa trace… L'éditeur italien d'Antonio Tabucchi a qualifié l'aventure de Tadeus Slowacki d'« enquête que l'on dirait menée par un Philip Marlowe métaphysicien ». Difficile de mieux résumer ce magnifique inédit du grand écrivain italien.

Né à Pise en 1943 et mort à Lisbonne en 2012, Antonio Tabucchi est l'auteur d'une vingtaine de livres, romans et récits, traduits dans le monde entier et qui ont reçu les plus prestigieuses récompenses internationales. Il a vécu entre la Toscane, Lisbonne et Paris.

9 782070 147144 14-X A 14714 ISBN 978-2-07-014714-4 16,90 €